Un été à Cape May

*

Dangereuse passion

*

Un patron si charmant

SARAH MAYBERRY

Un été à Cape May

Traduction française de
MARIE VILLANI

HARLEQUIN

Titre original :
ALL OUR TODAYS

Ce roman a déjà été publié en 2014

HARPERCOLLINS FRANCE
83-85, boulevard Vincent-Auriol, 75646 PARIS CEDEX 13
Service Clients — https://www.harlequin.fr/contenu/contactez-nous
ISBN 978-2-2805-2115-4

Édité par HarperCollins France.
Composition et mise en pages Nord Compo.
Imprimé en juin 2025 par CPI Black Print (Barcelone)
en utilisant 100% d'électricité renouvelable.
Dépôt légal : juillet 2025.

MIXTE
Papier
FSC FSC® C159065

Pour limiter l'empreinte environnementale de ses livres, HarperCollins France s'engage à n'utiliser que du papier fabriqué à partir de bois provenant de forêts gérées durablement et de manière responsable.

1

— Il doit y avoir une erreur.

Le livreur vérifia sur son écritoire à pinces.

— Vous êtes bien Laurie Sutcliffe ?

— Oui, mais...

— Et vous habitez le 29 Walker Street à Vineland ?

— Oui, mais... je n'ai pas acheté de chien, déclara Laurie, avant de rectifier, après un coup d'œil à la cage de transport posée aux pieds de l'homme : de chiot, je veux dire. Je n'ai jamais acheté de chiot.

A cet instant, la cage remua et l'animal se dressa sur ses pattes arrière, la queue frétillante. Elle vit alors deux grands yeux bruns se poser sur elle, doux et implorants. Bien que très en retard, avec un long trajet et une interminable journée devant elle, elle ne put s'empêcher de sourire. Le véritable propriétaire du chiot avait bien choisi : il était adorable avec ses faux airs de labrador et de beagle. Elle hésita, trompée par ses oreilles tombantes, soyeuses, son museau très fin... Peut-être s'agissait-il d'un croisement entre les deux races ?

— Sur ma fiche, il est écrit que l'expéditeur du colis est Guy Sutcliffe.

Avec un sursaut, elle reporta toute son attention sur le coursier.

— Guy ?

— Regardez vous-même.

Elle fronça les sourcils. Pourquoi diable son ex-mari lui enverrait-il un chiot ? Durant près de dix-sept ans, elle et les enfants n'avaient cessé de réclamer un chien sans qu'il daigne jamais modifier sa position et son rejet farouche des animaux domestiques. Cherchait-il à s'excuser ? Reconnaissait-il tardivement ses torts et la souffrance qu'il lui avait infligée en mettant un terme à leur union ?

Elle pinça les lèvres : Guy n'agissait jamais sans une excellente raison. Et dans son esprit, elle ne voyait qu'un scénario possible pour justifier un tel cadeau, si chargé en émotion : son aventure avec la catin avait mal tourné et il souhaitait revenir !

Elle croisa les bras sur sa poitrine.

— Désolée, je ne peux pas accepter.

L'employé soupira.

— Vous êtes sûre ? Parce que cette pauvre bête attend dans la camionnette depuis déjà deux heures, et je ne pourrai pas la ramener au dépôt avant la fin de l'après-midi.

Partagée, elle jeta un coup d'œil à la cage et vit une petite truffe rose et luisante se presser entre les barreaux, surmontée de grands yeux bruns et suppliants.

Son ex-mari n'était décidément qu'une sale fouine manipulatrice !

— Accordez-moi une minute, voulez-vous ?

Sur le point de partir au moment où le livreur était arrivé, elle avait laissé son sac à main sur la console du vestibule. Saisissant son portable, elle composa un numéro en battant la mesure du pied, en rythme avec la tonalité.

Elle allait dire deux mots à Guy, et sans détour : elle ne voulait ni de son cadeau ni de lui. Elle ne se laisserait pas prendre au piège. En entamant une liaison avec leur voisine, il avait choisi de sortir de sa vie. Et s'il espérait l'amadouer avec un chiot, il se trompait !

Elle entendit un déclic à l'autre bout du fil et déversa aussitôt sa colère :

— Félicitations ! Tu n'es jamais tombé si bas, Guy ! Si tu crois qu'un chiot suffit à effacer toutes tes erreurs, tu as sans doute trop forcé sur la bouteille ! Et si tu veux me dire quelque chose, décroche ton téléphone et parle-moi de vive voix au lieu de m'expédier une boule de poils pour me faire craquer !

A bout de souffle, elle s'interrompit... pour constater que Guy parlait en même temps qu'elle.

— ... je vous rappellerai dès que possible, fit sa voix posée et familière.

Un bip retentit.

Venait-elle de décharger sa rage sur la messagerie de son ex-mari ?

Consciente du regard du livreur braqué sur elle, elle essaya de ne rien laisser paraître et laissa un message dans la foulée.

— Guy. C'est grotesque, vraiment grotesque. Je ne sais pas à quoi tu pensais, mais rappelle-moi. Vite, s'il te plaît.

Rien à voir avec son explosion de colère initiale ! Hélas, elle ne pouvait pas jouer la grande scène de la fureur une seconde fois, surtout face à un public.

Impatient, le livreur consulta sa montre.

— Que fait-on, madame ? Il part ou il reste, ce chiot ?

N'était-ce pas évident ? Elle ne pouvait pas accepter un cadeau si personnel, si important, de la part de son ex-mari. Ouvrant la bouche pour refuser, elle commit l'erreur de glisser un dernier regard vers la cage.

Ayant perdu tout espoir d'attirer son attention, le petit animal s'était couché sur le ventre, le museau sur les pattes et les yeux perdus dans le vide.

Peut-être se trompait-elle... mais il avait l'air du chiot le plus triste, le plus abattu de la planète.

Ravalant ses paroles, elle ferma les paupières pour lutter contre son élan.

Puis elle tendit la main et soupira, résignée :

— Où dois-je signer ?

Un quart d'heure plus tard, elle roulait en direction de la propriété de sa mère, située sur la côte du New Jersey, la cage soigneusement attachée sur la banquette arrière. Toutes les cinq minutes, elle jetait un coup d'œil dans le rétroviseur, les sourcils froncés. Elle allait passer un sacré savon à Guy quand il la rappellerait !

Il n'ignorait pas à quel point elle était occupée ces derniers temps, à l'approche de la fête destinée à réunir toute la famille

Longwood pour les soixante ans de sa mère. Et il savait aussi qu'elle était chargée, via sa société *Les Petits Plats de Laurie*, d'organiser l'événement. Ne lui avait-elle pas demandé de garder Josh et Amy toute la semaine, afin de pouvoir rester sur place ? Et malgré tout… il lui avait expédié un chiot, certes adorable mais très encombrant !

Ah ça… Guy était dans les ennuis jusqu'au cou ! Quant à ses motivations secrètes, elle s'en moquait. Pour elle, leur mariage était bel et bien terminé. Quoi qu'il dise ou fasse, aussi charmant et déterminé soit-il… il n'y changerait rien.

Avec quarante minutes de retard, elle remonta la longue allée incurvée qui desservait la demeure familiale, et s'arrêta devant le garage trois places. Elle avait pensé à prévenir sa mère en chemin, mais elle la vit tout de même écarter le rideau de son bureau, au premier étage. Tout en descendant de voiture, elle lui fit signe, puis tapota sa montre et désigna la pelouse de l'index : elle devait d'abord s'activer dans le jardin avant de rentrer à l'intérieur. Comme sa mère levait le pouce, elle en profita pour ouvrir la portière arrière et libérer le chiot.

A cet instant, elle sentit le regard curieux de sa mère pendant qu'elle ouvrait la cage. Puis la fenêtre s'ouvrit en grand.

— Depuis quand as-tu un chien ?

— Guy me l'a fait livrer par coursier ce matin.

— Pourquoi aurait-il fait ça ?

Se tournant vers sa mère, elle lui glissa un regard entendu.

— Tu crois qu'il s'est disputé avec la catin ?

— Peut-être. Je ne sais pas. Une chose est sûre : il veut me demander quelque chose.

Sa mère parut inquiète.

— En tout cas, je suis là si tu as besoin de te confier… ou d'enfoncer des aiguilles dans une poupée vaudoue !

— Je sais, maman, répondit-elle avec un sourire, avant de pointer du doigt le gazon. L'installateur du chapiteau ne devrait plus tarder et je dois vérifier que tout est en ordre. Nous parlerons plus tard de la perfidie de Guy, d'accord ?

Sa mère acquiesça.

— Va. Fais ton travail, ma chérie. Moi, je ne bouge pas d'ici, comme d'habitude !

Devinant la frustration dans sa voix, Laurie lui adressa un sourire compatissant avant d'attraper son sac et d'entraîner le chiot vers le parc. Depuis six semaines, Peggy Longwood était clouée à un fauteuil roulant à cause d'un pied cassé. Elle s'était blessée en glissant sur les dalles de marbre du vestibule, et avait vu son cas s'aggraver à cause de son insuffisance rénale. Bien consciente que sa mère devenait folle dans son fauteuil, Laurie était pourtant soulagée qu'elle ralentisse le rythme grâce à l'accident. Hélas, méprisant ses trois dialyses hebdomadaires, Peggy refusait toujours de prendre en compte sa santé fragile. Dans la vie, elle privilégiait la qualité à la quantité. Et si Laurie ne pouvait la contredire, elle n'était pourtant pas prête à perdre le seul parent qu'il lui restait. Aussi voyait-elle le repos forcé de sa mère comme un don du ciel.

Sa frange soulevée par la brise, elle contourna la bâtisse en plissant les yeux face à l'éclat aveuglant du soleil. Le chiot, lui, gambadait à ses pieds, la langue pendante et les yeux vifs.

Elle regarda l'animal, qui l'invitait à jouer avec lui. Aucun doute, il était adorable, presque irrésistible — exactement comme Guy l'espérait sans doute.

— Ça ne marchera pas, tu sais ! lui dit-elle en coupant à travers la pelouse vers l'endroit où se dresserait bientôt le chapiteau. Ne le prends pas personnellement — je suis sûre que tu es un gentil chien. C'est juste une question de principe.

Ravi d'attirer son attention, l'adorable animal se cabra, posant ses petites pattes sur les revers de son pantacourt bleu marine, tout en battant de la queue. Elle ne put réprimer un sourire.

Seigneur ! Elle n'allait tout de même pas craquer ? Sortant son portable, elle tenta encore de joindre Guy... et tomba sur son répondeur.

Après avoir laissé un second message, elle jeta un regard en direction de l'allée. L'installateur du chapiteau n'arrivait pas. Comme si elle avait besoin de ça ! Si les choses tournaient mal dès le milieu de la matinée, elle n'osait même pas imaginer l'après-midi...

Selon son planning, elle avait rendez-vous avec un fournisseur en fruits de mer dans une heure, puis avec le boulanger. Elle devait aussi contacter la fleuriste et la société à laquelle elle louait vaisselle, linges de table et décorations. En somme, elle n'avait pas une minute à perdre à cause des défaillances des autres.

Arpentant le gazon de long en large pour tuer le temps, elle empêcha son chiot de déterrer les précieux rosiers de sa mère à plusieurs reprises. Puis elle passa quelques coups de fil avant de consulter sa montre pour la énième fois.

Très bien. Le mufle avait officiellement vingt minutes de retard. Et il ne s'était même pas donné la peine de la prévenir ! N'était-ce pas une erreur rédhibitoire ?

Cinq minutes plus tard, elle sentit son stress augmenter d'un cran alors qu'elle éloignait encore le chiot des rosiers. Elle n'avait pas de temps à perdre avec un mari infidèle ! Ni avec un chiot mal élevé sorti de nulle part ! Sans parler de son prestataire incapable de tenir un engagement.

Au cours des trois dernières années, elle avait plus d'une fois douté que sa mère atteigne les soixante ans… aussi tenait-elle à rendre cette fête d'anniversaire mémorable. Elle souhaitait lui offrir une journée inoubliable, pleine de chaleur et d'amour, au moins pour la remercier d'avoir toujours été à ses côtés. Si c'était le dernier anniversaire qu'elle devait célébrer…

Elle repoussa fermement cette pensée. Non. Peggy Longwood était une battante. Elle l'avait toujours été et ne changerait jamais.

Consultant la liste de ses contacts en quête d'un nouveau poseur de chapiteau, elle ne vit pas tout de suite l'homme brun aux larges épaules qui traversait la pelouse dans sa direction.

En relevant la tête, elle sentit une vague de rage monter du fond de ses tripes. Comment osait-il lui faire perdre son temps ? Pour qui se prenait-il ? Elle avait bien envie de lui dire de remballer son chapiteau, quitte à se mettre dans une sacrée panade !

Choquée par l'intensité de sa colère, elle baissa de nouveau la tête et s'absorba dans la contemplation de son portable. Elle devait recouvrer son calme. Son accès de rage n'était-il pas disproportionné ? Si elle voyait rouge… n'était-ce pas plutôt à cause de Guy… et de la maladie incurable de sa mère ?

Du coin de l'œil, elle regarda l'homme s'approcher et prit une grande inspiration, bien décidée à le réprimander avec justesse et fermeté.

— Ecoutez…

Elle releva la tête… et perdit le fil de son discours en plongeant son regard dans ses yeux d'un brun caramel. Jamais elle n'avait admiré des traits si marqués, hâlés et masculins.

Elle eut alors l'étrange impression de le connaître. Certes, c'était impossible — elle n'avait jamais rencontré cet homme, à n'en pas douter.

Déstabilisée, elle s'efforça de remettre un peu d'ordre dans ses idées.

— Ecoutez. J'ai bien conscience que la vie est pleine de… hum… d'imprévus, mais… un simple coup de téléphone aurait…

Elle secoua la tête, à court d'inspiration. Et à la place, elle s'entendit demander :

— Est-ce que nous nous sommes déjà croisés ?

Elle ne reconnut pas sa propre voix, altérée et rauque.

— Je ne crois pas.

Il avait un accent. Anglais, peut-être ? Elle n'arrivait pas à l'identifier…

— Bon. Très bien.

Tripotant son téléphone pour se donner une contenance, elle tenta de reprendre pied et de se remémorer les raisons de sa présence.

— En tout cas, vous êtes en retard. J'avais presque renoncé à votre venue !

Sans lui laisser le temps de répondre, elle embrassa la pelouse d'un geste de la main, en une vaine tentative pour masquer son trouble.

— Je veux installer le chapiteau principal ici, face à l'océan. Je pense qu'une sortie proche de la maison serait idéale, afin de garantir un accès facile aux toilettes. Et nous pourrions placer le buffet en arrière, sur la gauche. C'est pratique et discret.

Tout en parlant, elle avait l'impression que son attention se partageait entre son travail… et son observation aiguë du bel inconnu. Elle remarqua ainsi qu'il était grand et avait besoin de se raser, avant de noter combien son jean délavé lui seyait à merveille !

Un bref silence s'étira alors entre eux.

— Je crois qu'il y a un malentendu, dit-il enfin. Je m'appelle Adam Hunter, je suis venu pour assister à la réception.

Elle ne comprit pas tout de suite… puis elle sentit ses joues s'enflammer.

— Adam. Vous venez d'Australie, n'est-ce pas ? dit-elle bêtement.

Sa mère l'avait invité à sa réception à la place d'un proche récemment décédé — son frère dont elle avait été séparée enfant. Or, Peggy comptait sur cet homme pour lui parler un peu de ce frère qu'elle n'avait pratiquement pas connu.

— En effet. Et je suppose que vous êtes la fille de Peggy ?

— Exact. Je m'appelle Laurie. Laurie Sutcliffe.

Tel un automate, elle lui tendit la main et serra sa paume calleuse et tiède.

— Vous êtes en avance d'une bonne semaine, dit-elle, en sortant enfin de sa léthargie.

Consciente de la grossièreté de sa remarque, elle piqua un nouveau fard.

Lui haussa les épaules.

— J'avais envie de découvrir les environs.

Derrière lui, elle aperçut le chiot en train d'attaquer pour la énième fois les bosquets de fleurs.

— Excusez-moi un instant.

En vitesse, elle se pencha pour repousser le jeune fauve.

— Pas les rosiers, d'accord ? Tout ce que tu veux, mais pas les rosiers ! lui dit-elle avant de le relâcher plus loin.

Quand elle pivota de nouveau, Adam la regardait… de toute évidence, il avait profité d'une vue imprenable sur son postérieur.

Très élégant. Pouvait-elle espérer produire une meilleure impression ?

— Bel animal, dit-il seulement.

— Oui, il est mignon, fit-elle avant de désigner la maison d'un geste. Si je vous conduisais à ma mère ?

Sans attendre sa réponse, elle s'ébranla, le chiot lui emboîtant le pas en folâtrant autour d'elle.

— Vous savez, vous ne devriez pas placer votre chapiteau ici.

D'un simple coup d'œil, elle s'aperçut qu'Adam Hunter ne l'avait pas suivie. Il n'avait pas bougé d'un pouce et indiquait de l'index l'autre extrémité de la pelouse.

— A votre place, je le ferais plutôt dresser là-bas.

Elle le gratifia d'un sourire poli. Les hommes ! Pourquoi pensaient-ils toujours tout savoir en matière de logistique ?

— J'organise cet événement depuis plusieurs semaines et j'ai choisi le meilleur emplacement pour ce chapiteau, croyez-moi, déclara-t-elle avec conviction. Mais vous venez d'atterrir, n'est-ce pas ? Vous avez probablement envie d'une bonne douche et de manger.

Elle reprit la marche... sans qu'il la suive.

— Certes, vous avez sélectionné le meilleur emplacement pour la vue... mais votre chapiteau va se retrouver dans un creux. A la moindre averse, le terrain sera trempé... contrairement à là-bas. C'est un point plus élevé.

— Ne vous en faites pas, tout ira bien, répondit-elle froidement.

Elle n'avait pas besoin de ses conseils, même bien intentionnés... Hélas, les Australiens ne semblaient pas très doués dans l'art de saisir les sous-entendus trop subtils, aussi se permit-il d'insister :

— Ce n'est pas qu'une question de drainage. Vous êtes exposée au vent ici... au contraire de l'autre place, plus en recul.

De nouveau, elle sentit une bouffée d'irritation et croisa les bras sur sa poitrine.

— Après avoir organisé plus de deux cents événements au cours des dernières années, je crois être capable d'identifier un bon emplacement. Celui-ci me semble parfait pour la vue et la facilité d'accès à la maison.

— Vous regretterez votre choix en cas de pluie.

Les yeux étrécis, elle dévisagea l'homme, décidément très têtu.

— Travaillez-vous dans la mise en place de structures de plein air, Adam ?

— Non, dans la construction, répondit-il en l'observant à son tour.

— Eh bien, sauf votre respect, je ne partage pas votre avis.

Elle se félicita intérieurement de l'intonation ferme et autoritaire de sa voix. Elle avait su garder un ton neutre et calme.

— A votre guise, fit-il avant de marquer une petite pause, pour mieux ajouter : autant vous prévenir, votre chien vient de pisser sur votre chaussure.

— Je vous demande pardon ?

Baissant vivement les yeux, elle découvrit une tache sombre sur son escarpin gauche, puis sentit l'humidité à travers le cuir.

Malgré la taille de la pelouse, ce fichu chiot avait choisi son pied pour se soulager !

— Vous semblez très occupée, reprit Adam. Mieux vaut que je trouve seul mon chemin jusqu'à votre mère, vous ne croyez pas ?

Sur ces mots, il se dirigera en direction de l'allée en la laissant seule et hébétée. Elle ôta finalement sa ballerine trempée. Jamais elle n'avait eu l'air plus idiot ! Quand elle releva les yeux, il avait déjà rejoint le bout de la pelouse en quelques grandes et souples enjambées.

Tout en contemplant son large dos, elle prit consciente de son ridicule.

Puis elle haussa les épaules. Cela n'avait aucune importance. A moins que... Presque à regret, elle dut admettre que cela comptait.

Curieux, non ?

2

Adam attendit de gagner le majestueux porche du manoir pour s'autoriser à jeter un coup d'œil par-dessus son épaule.

Déchaussée, Laurie Sutcliffe paraissait s'entretenir avec son chiot — sans aucun doute un sermon sur l'hygiène et les bonnes manières. Penchée sur l'animal, elle le grattait derrière les oreilles et il dut se forcer à détourner les yeux.

Elle était... surprenante. Il l'avait repérée pendant qu'il garait son véhicule de location, et l'avait confondue avec Peggy, la sœur si longtemps perdue de vue de son ami et mentor décédé. Résolu à clarifier la situation au sujet de l'héritage de son frère, il s'était dirigé droit sur elle. Mais à son approche, elle avait relevé la tête, de sorte qu'il mesure toute l'étendue de son erreur : cette femme était plus proche des trente-cinq ans que des soixante avec son visage aux traits fins et ses courts cheveux bruns.

Il avait alors plongé dans ses yeux bleu ardoise et éprouvé la plus étrange des sensations, comme s'il risquait de s'y noyer sans le moindre regret...

Il grommela. Voilà qu'il devenait aussi fleur bleue qu'une gamine ! Jamais il ne s'était perdu dans les yeux d'une femme — et il n'en avait aucune envie. Il était avant tout un homme pratique, pragmatique. Les yeux servaient à voir, point final. Et il n'avait traversé la moitié du globe que dans un seul but : sauvegarder le patrimoine de son ami. Une jolie paire d'yeux — même extraordinaire — n'y changerait rien.

Après avoir tiré sur le splendide carillon, il recula d'un pas pour détailler la façade de la demeure. Au cours de ses recherches succinctes, il avait appris que Peggy Longwood était un auteur à succès de livres pour enfants… mais il ignorait à quel point avant de découvrir sa propriété.

Face à ces signes extérieurs de richesse, il se sentit un peu rassuré. Car depuis l'appel de Peggy, deux mois plus tôt, il vivait dans l'incertitude. Cela dit, il avait déjà bâti de belles maisons pour des propriétaires en apparence fortunés… et en réalité incapables de lui régler ses factures à la fin du chantier. Il se méfiait des apparences.

La porte s'ouvrit sur une femme d'âge mûr, vêtue d'une austère robe noire, aux longs cheveux sombres rassemblés en un chignon strict et bas.

— Puis-je vous aider ? s'enquit-elle, poliment.

Il ne fut pas surpris. Quiconque habitait une telle demeure employait forcément un bataillon de domestiques.

— Je suis Adam Hunter. Je souhaiterais m'entretenir avec Peggy Longwood.

Les sourcils froncés, l'intendante s'effaça devant lui.

— Je vous en prie, entrez. Je vais la prévenir de votre arrivée.

— Je sais que la réception n'aura pas lieu avant une semaine, mais j'ai atterri aujourd'hui et je souhaitais l'en informer.

— Naturellement.

Pénétrant dans le vestibule carrelé, il découvrit un plafond cathédrale d'une hauteur de deux étages, agrémenté d'un lustre aux pampilles étincelantes. Il remarqua aussi une table d'acajou ronde où trônait un superbe bouquet de fleurs exotiques.

— Je reviens dans une minute, déclara la gouvernante avant de s'engager dans un escalier avec un maintien et une démarche royaux.

Une fois seul, il examina longuement les bibelots et les objets d'art exposés dans des vitrines. Parce qu'il manquait de sommeil, il se frotta les yeux avec lassitude. Il avait hâte de retrouver sa chambre d'hôtel pour prendre une douche.

De nouveau, il perçut un bruit de pas.

— Montez, s'il vous plaît. Mme Longwood vous attend dans son bureau.

Marchant dans son sillage, il gagna un palier spacieux et aéré avant de se diriger, sur l'invitation de l'intendante, vers la porte la plus proche. Il se figea pourtant sur le seuil, en fixant avec stupéfaction la svelte et élégante femme aux pommettes saillantes et aux yeux d'un bleu intense qui s'avançait vers lui… en fauteuil roulant.

— Adam ! Quelle bonne surprise !

Comme elle lui tendait la main, il afficha une expression aussi neutre que possible. Sa ressemblance avec Stephen était troublante. Mais en dépit de son enquête, il ignorait son handicap.

— Je ne pensais pas vous voir avant la semaine prochaine. Si j'avais su, je vous aurais envoyé mon chauffeur à l'aéroport.

— Ne vous inquiétez pas. J'ai prévu de jouer les touristes pendant mon séjour et j'ai loué une voiture à ma descente d'avion.

Avec un sourire rayonnant, elle lui indiqua un divan, placé contre le mur.

— Je vous en prie, prenez place.

Tout en s'installant parmi les coussins moelleux, il remarqua un plâtre rose vif, recouvert d'illustrations compliquées, sous l'ourlet de la longue jupe noire de son hôtesse.

Elle hocha la tête, amusée.

— J'ai dérapé dans le vestibule et je me suis cassé le pied. Ce n'est pas une cascade que je vous conseillerais, croyez-moi ! Lors de la construction de cette maison, mon défunt mari et moi ne nous sommes disputés que sur ce point : le carrelage de l'entrée. Il exigeait du marbre alors que je trouvais ce matériau dangereux. Vingt ans plus tard, je vois que je ne me suis pas trompée !

— Je me suis cassé la jambe, enfant, répondit Adam. Les six semaines les plus longues de ma vie.

— Alors vous devinez mon impatience — je me sens comme un tigre en cage ! Non que je sois une grande aventurière ou une femme très active, mais tout de même ! On ne m'a fait qu'une concession : un déambulateur. C'est à peine si je n'ai pas sauté de joie lorsque Kinsey, ma kinésithérapeute, m'a autorisée à m'entraîner sur le palier. Heureusement, mon médecin m'a promis de retirer cet affreux plâtre dans quelques jours. Juste à temps pour la réception ! Je ronge mon frein en attendant…

Comme elle ressemblait à Stephen avec son grand sourire ! Déconcerté, il nota aussi l'éclat de ses yeux, ses pommettes hautes et son nez très droit. Il ne pouvait douter de leur parenté.

Il était maintenant impatient d'entrer dans le vif du sujet. Certes, il ne raffolait pas des confrontations, mais cet entretien lui semblait inévitable.

— Vous vous demandez probablement pourquoi je suis venu si tôt.

Remuant sur son siège, il sortit un chèque plié de la poche arrière de son jean et le lui donna. Elle ne s'en empara qu'après une brève hésitation.

— Il s'agit du remboursement du billet d'avion que vous m'avez envoyé. Je tiens à partir du bon pied avec vous, afin que les choses soient claires.

Elle posa le chèque sur ses genoux, une ride de contrariété au front.

— Ce billet d'avion était un cadeau. Après tout, vous m'accordez une faveur en vous déplaçant jusqu'ici pour satisfaire ma curiosité.

— Je peux me payer ce trajet. De vous à moi, Stephen et moi avons monté une affaire qui marche très bien. L'argent n'est donc pas un problème.

Malgré ses protestations, elle paraissait toujours contrariée.

— Pourquoi ai-je le sentiment qu'un problème vous tracasse alors ?

En voyant le menton de la vieille dame avancé, il éprouva un pincement au cœur. Il retrouvait en elle certains tics de Stephen.

— J'aimerais éclaircir tout de suite notre situation. Je sais que vous avez mené votre petite enquête, puisque vous avez réussi à me trouver. Vous savez donc que votre frère a laissé un compte en banque bien garni à sa mort. Mais vous ignorez sans doute que le moindre centime de son patrimoine se trouve immobilisé dans *Nouvelles Bases*, l'organisme de charité que nous avons fondé ensemble il y a quelques années.

— Vous avez raison : je l'ignorais.

— Je m'en doutais. Et je tiens à vous prévenir tout de suite : le testament de Stephen est solide comme un roc et même si vous tentez de l'attaquer afin de récupérer une partie de sa fortune, vous n'y parviendrez pas. Au final, vous n'y gagnerez qu'une note d'honoraires d'avocat très salée et parfaitement inutile.

Après un court silence, Peggy reprit la parole :

— Personne n'a jamais dû vous accuser de tourner autour du pot, je me trompe ?

— Effectivement.

— Eh bien, à mon tour d'être franche. L'argent de mon frère ne m'intéresse pas, d'autant que je n'en ai guère besoin. Cela dit, je comprends votre inquiétude : je connais l'excellent travail effectué par votre association auprès des adolescents en difficulté et je conçois votre désir de le protéger coûte que coûte. Mais vous n'avez rien à craindre de moi, je vous le promets.

Puis elle ajouta avec un petit sourire triste :

— Je ne souhaite qu'une chose : en apprendre davantage sur ce frère que j'ai à peine connu. C'est tout.

A son regard limpide, il sut qu'elle était sincère. Et il sentit un poids quitter sa poitrine. Si nul ne contestait l'héritage de Stephen, l'association et ses bénéficiaires étaient hors de danger.

— Pardonnez-moi pour cette entrée en matière très abrupte. Je tenais seulement à mettre les choses au point.

— J'apprécie votre franchise, répondit-elle avant d'examiner le chèque posé sur ses genoux. Maintenant que cette épineuse question semble réglée, acceptez-vous que je règle les dépenses liées à ce voyage ? Après tout, vous êtes seulement venu à ma demande, afin que j'établisse une sorte de lien posthume avec Stephen.

— Votre frère m'a appris à toujours assumer mes responsabilités, financières ou autres.

— Vraiment ? Vous savez, la dernière fois où je l'ai vu, ce n'était qu'un bébé atteint de coliques ! Je peine à imaginer quel genre d'homme il est devenu.

— C'était un homme formidable. Le meilleur de tous, déclara Adam.

Sur ces mots, sa voix se brisa et il se racla la gorge, embarrassé.

Peggy se pencha pour lui tapoter le genou.

— Mon instinct me souffle que vous n'êtes pas un mauvais bougre non plus, Adam Hunter. Je devine aussi que vous avez désespérément envie de poser votre valise et de dormir un peu. Je vais demander à Eugenia de vous conduire à votre chambre. Tous les deux, nous nous retrouverons plus tard dans l'après-midi afin que je vous harcèle de questions. Qu'en dites-vous ? Et puis, ne vous étonnez pas du monde qui réside entre ces murs. Ma mère habite avec moi, et mon fils s'est installé dans la maison des invités — même s'il jure que cette situation est temporaire. Ma sœur aussi transite parmi nous de temps à autre. Comme elle s'est mariée la semaine dernière, elle partage son temps entre ma demeure et l'appartement de son époux, à Philadelphie. Oh ! J'oubliais ma vieille amie Kinsey, dont j'exploite honteusement la générosité — comme je vous l'ai dit, elle a accepté de jouer les kinésithérapeutes à domicile depuis mon accident. Enfin, ma fille Laurie séjourne ici pour les derniers préparatifs de la réception...

Elle se mit à rire :

— Une longue liste, n'est-ce pas ? En tout cas, Eugenia sera ravie à l'heure des repas. Elle adore cuisiner pour un régiment !

Avec un grand sourire, elle fit pivoter son fauteuil vers la porte.

— Merci, mais j'ai déjà réservé une chambre en ville, déclara Adam.

— Je ne comprends pas. Il était convenu que vous resteriez ici, non ?

— Votre invitation me touche, néanmoins, je préfère ne dépendre de personne.

Sur le point d'argumenter, Peggy hésita avant de secouer la tête.

— Puis-je au moins vous proposer de venir dîner ici ce soir ?

Si elle était trop bien éduquée pour insister, elle ne put cacher son chagrin et sa déception. Avec un pincement au cœur, il sentit aussitôt une vague de culpabilité l'envahir avant de se ressaisir. Même si le problème de l'héritage était résolu, il préférait garder sagement ses distances. Après tout, il ne connaissait pas ces gens.

— Volontiers, dit-il, faute d'échappatoire. A quelle heure dois-je venir ?

— Vers 19 heures.

Après un échange de banalités, il laissa Peggy le chasser sous prétexte qu'elle était fatiguée.

Et dans l'escalier, il admit avec étonnement son soulagement. Il se sentait plus léger ! Depuis le fameux coup de fil, passé deux mois plus tôt par cette mystérieuse Américaine, il vivait avec un nœud au ventre. D'emblée, Peggy Longwood avait assuré qu'elle était seulement en quête d'informations sur son frère disparu. Mais avec tant de millions en jeu, il aurait été stupide de la croire sur parole. Une douzaine d'enfants des rues dépendaient de lui et grâce à *Nouvelles Bases*, il les protégeait et les aidait à construire un avenir sans drogue ni violence ou prison. Pour eux, il était prêt à se battre bec et ongles. Mais après avoir rencontré Peggy — dont les yeux lui rappelaient tant ceux de Stephen — il ne nourrissait plus le moindre doute. Elle avait plaidé en toute bonne foi et ne représentait aucun danger.

C'était une femme honnête et sincère. Aussi estimait-il s'être acquitté de la partie « affaires » de son voyage. A présent, il était officiellement en vacances — les premières depuis sept ans.

Apparue comme par enchantement dans le vestibule, la gouvernante l'escorta jusqu'à la porte. Il s'engagea ensuite dans l'allée et balaya machinalement la pelouse du regard, en quête d'une silhouette longiligne et d'un jeune chiot.

Laurie n'avait pas bougé. Toujours pieds nus, elle était maintenant plongée en grande conversation avec un homme en jean et chemise écossaise. A distance, il la vit désigner le gazon devant elle, puis une autre pelouse, un peu à l'écart. Le prestataire du chapiteau, lui, hocha la tête. Ses chaussures à la main, elle grimpa ensuite sur le petit terrain en hauteur qu'il lui avait recommandé un peu plus tôt, l'homme et le chiot sur les talons.

En dépit de sa fatigue, il esquissa un sourire. Il l'avait crue trop entêtée pour suivre son conseil, mais il s'était trompé.

De son côté, se sentant observée, elle jeta un coup d'œil par-dessus son épaule et leurs regards se croisèrent. A sa grande surprise, il la vit alors trébucher, puis détourner vivement la tête et continuer sa marche.

Lui resta immobile, hypnotisé par le balancement de ses hanches, avant de s'arracher à sa contemplation pour rejoindre sa voiture.

Il souffrait du décalage horaire. Il ne trouvait aucune autre explication possible aux folles pensées qui lui traversaient l'esprit dès que Laurie Sutcliffe se trouvait dans les parages. Plus tôt il se reposerait, mieux il se porterait.

3

Au terme de son entrevue avec le prestataire du chapiteau, Laurie était désormais en retard d'une vingtaine de minutes pour son prochain rendez-vous. Heureusement, elle avait reporté son entretien avec le poissonnier à la fin de la journée, même si elle détestait perdre le contrôle de son planning.

Après un coup d'œil au petit paquet de fourrure grassouillet qui gambadait entre ses jambes, elle gravit l'escalier en direction du premier étage. Autant l'admettre, elle avait ruiné sa belle organisation à l'instant où elle avait accepté la livraison du chiot. Ah ça ! elle ne manquerait pas de remercier son ex-mari quand il daignerait enfin la rappeler !

Presque à son insu, elle se mit à songer au second grand dérapage de sa matinée et à tous ses regards en biais, ses questions stupides et ses rougissements face à Adam Hunter. Entre lui et le chiot, elle avait été gâtée ! A quand remontait la dernière fois où elle s'était comportée de manière si incohérente et gauche avec un homme ? A ce seul souvenir, elle avait envie de disparaître sous terre !

Sa mère buvait un thé dans son bureau, en compagnie de sa grand-mère, quand elle passa la tête dans l'entrebâillement de la porte.

— Désolée de vous interrompre, je voulais juste vous prévenir que je vais en ville. Et je risque d'en avoir pour un petit bout de temps.

— Tu ne nous déranges pas, voyons. Viens plutôt m'embrasser, répondit Nana, sa grand-mère.

Tendant vers elle un bras impérieux, elle inclina la tête dans l'attente d'un baiser. Tout en obtempérant de bon cœur, Laurie la complimenta.

— J'adore ta nouvelle coupe, Nana.

Effleurant la joue soyeuse et poudrée de sa grand-mère, elle admira les mèches soigneusement ondulées qui avaient remplacé ses boucles serrées.

— Merci. Je viens de découvrir une nouvelle styliste, répondit-elle, en tapotant fièrement ses beaux cheveux.

A quatre-vingt-onze ans, elle se maquillait et se parfumait tous les jours et accordait une grande importance à son apparence.

La vieille dame en profita pour se relever.

— Je vous laisse discuter affaires, toutes les deux. J'ai rendez-vous avec mon groupe de marche dans une demi-heure et je dois me changer.

L'air très affairé, l'aïeule de la famille se hâta de sortir sous les regards amusés de Laurie et de sa mère.

— J'espère être moitié aussi en forme qu'elle à son âge ! s'exclama Laurie.

— N'est-ce pas notre vœu à tous ? Comment s'est déroulé ton entretien avec le monteur de chapiteau ?

— En dehors de son retard, très bien. Mais nous avons opté pour le côté nord de la maison au lieu de la pelouse face à la porte.

Elle avait été un peu humiliée en entendant le professionnel abonder dans le sens d'Adam Hunter. Mais elle n'était pas orgueilleuse au point de privilégier son amour-propre au détriment de l'anniversaire de sa mère.

— Si tu penses que c'est mieux, cela me va aussi, répondit Peggy avec un sourire distrait.

Laurie fronça les sourcils.

— Est-ce que ça va, maman ?

— Oui, bien sûr.

Observant soigneusement sa mère, elle remarqua son air contrarié. Parce qu'elle la connaissait par cœur, elle releva tous les signes révélateurs de sa nervosité : en cas de stress,

Peggy tripotait toujours ses bagues d'un air absent, les sourcils légèrement froncés.

Malgré son retard, elle choisit donc de l'interroger.

— Comment s'est passé ton entretien avec ton mystérieux visiteur ?

Normalement, elle aurait déjà dû tourner les talons et se mettre en route afin de respecter son planning. Mais sa mère importait davantage.

— Bien, je crois. Il vient dîner ce soir. Il m'a paru charmant.

Charmant. Sans doute Laurie n'aurait-elle pas employé ce mot pour décrire l'homme dont elle venait de faire la connaissance sur la pelouse.

Perdue dans ses propres pensées, elle ne réagit qu'à rebours à la déclaration de sa mère.

— Il vient seulement dîner ? Je croyais qu'il devait séjourner ici ?

Peggy haussa les épaules.

— En effet, mais il préfère finalement rester à l'hôtel. Je crois qu'il ne veut pas se sentir redevable.

— Redevable ?

La vieille dame agita un chèque.

— Il m'a même remboursé son billet d'avion.

De toute évidence, elle n'était guère enchantée.

— T'a-t-il dit pourquoi ?

— D'après ses dires, il craignait que je n'aie des vues sur l'héritage de Stephen.

L'espace d'un instant, Laurie demeura bouche bée, trop abasourdie pour réagir.

— C'est ce qu'il a osé te dire ?

— Oh oui. Il s'est montré très direct. Il n'est pas du genre à mâcher ses mots ! Crois-tu que tous les Australiens sont comme lui ?

— Maman ! Je n'arrive pas à y croire. J'espère que tu l'as envoyé promener !

Parce que dans le cas contraire, elle n'allait pas se gêner pour remettre ce type à sa place. Jamais elle n'avait entendu pire insulte de sa vie !

— Non. Je lui ai dit que je comprenais sa position et c'est

le cas. Beaucoup de gens se transforment en charognards dès qu'un riche parent décède en laissant une fortune derrière lui.

— Sauf que tu n'es pas exactement à la rue, répondit-elle, acerbe.

Son défunt père, architecte prospère, n'avait certainement pas laissé sa mère dans le besoin, et cette dernière avait aussi connu de grands succès en tant qu'écrivain.

— Je trouve très humiliant qu'il ait automatiquement supposé que tu convoitais l'argent de ton frère !

A ces mots, elle sentit un goût amer envahir sa bouche. Elle-même n'avait jamais cherché à défendre avec acharnement ses intérêts personnels ou financiers. Dans sa liste de priorités, elle ne plaçait pas en tête la quête du tout-puissant dollar !

— Oh ! il ne cherchait pas à se protéger, tu sais, déclara doucement sa mère. Je ne sais plus si je t'en ai parlé, mais avant de mourir, mon frère a créé un fonds philanthropique en faveur d'adolescents défavorisés. Aujourd'hui, Adam m'a expliqué qu'il a aussi légué l'intégralité de son patrimoine à cette association. Ainsi, Adam cherchait seulement à s'assurer que les dispositions testamentaires de mon frère seraient bien respectées. Ce garçon se sent très concerné, très investi dans ce projet.

— Quand bien même ! Cela ne l'autorise pas à t'insulter ! rétorqua Laurie, néanmoins apaisée par les explications de sa mère.

Peggy sourit faiblement.

— Au début, l'atmosphère était un peu tendue entre nous, mais j'ai fini par apprécier sa franchise. Si tout le monde se montrait aussi honnête, nos vies seraient grandement facilitées.

En écoutant sa mère, elle songea à Guy et ses innombrables mensonges à la fin de leur mariage. Il avait tissé une véritable toile autour d'elle. Elle se permit donc d'insister :

— Cela dit, il n'était pas obligé de décliner ton invitation en méprisant ton hospitalité…

— Je pouvais difficilement le plaquer au sol pour l'obliger à rester, ma chérie…

Elle savait à quel point sa mère s'était investie pour retrouver le frère et la sœur qu'elle avait perdus à l'âge de huit ans… Et elle n'ignorait pas sa tristesse lorsqu'elle avait appris la disparition de Stephen sur son voilier, deux ans plus tôt, au cours d'une tempête. Espérer le connaître à travers son associé et ami n'était qu'un piètre substitut, mais elle s'en réjouissait. Et voilà qu'Adam Hunter la privait de ce maigre plaisir !

A moins qu'elle n'intervienne...

— Nous en reparlerons plus tard, d'accord ?

Déjà en train d'échafauder un plan, elle gagna la porte sans répondre au salut de sa mère, puis elle dévala l'escalier.

Elle n'avait aucune idée de l'hôtel où séjournait Adam, mais elle parviendrait aisément à le dénicher. Après tout, Cape May n'était pas Las Vegas, avec des centaines d'établissements à vérifier.

Et une fois qu'elle l'aurait trouvé... eh bien, elle lui expliquerait combien cette réunion familiale importait aux yeux de sa mère. S'il le fallait, elle userait même de tous les stratagèmes pour le ramener !

L'hôtel était bruyant. Certes, Adam avait réclamé une chambre à l'écart de l'ascenseur... mais il profitait pleinement des bruits d'aspiration et des conversations des femmes de chambre. Le moindre son s'infiltrait sous sa porte.

En dépit des désagréments, il s'efforça vaillamment de trouver le sommeil alors que les images de sa journée envahissaient son esprit. L'aéroport bondé... la splendide propriété de Peggy Longwood... le moment magique où Laurie Sutcliffe avait relevé la tête et où il s'était noyé dans ses yeux...

Il roula sur le dos, conscient de se torturer pour rien. Depuis longtemps, il avait appris à ses dépens à ne pas espérer ce qu'il ne pourrait jamais avoir. Laurie était probablement mariée — les femmes comme elle ne l'étaient-elles pas toujours ? Il l'imaginait bien avec son mari et ses enfants dans une maison digne d'un magazine de décoration...

Comme on frappait un coup à sa porte, il soupira.

A l'évidence, il n'allait pas réussir à dormir cet après-midi.

S'extirpant lourdement du lit, il enfila son jean à la va-vite, sans caleçon. Puis il prit n'importe quelle chemise dans sa valise et la passa en hâte avant de rejoindre la porte. Il était en train de fermer le premier bouton quand il se retrouva nez à nez avec Laurie Sutcliffe. Debout sur le seuil, elle semblait très résolue.

Pour la troisième fois, il accrocha son regard et... s'y abîma, oubliant tout, jusqu'à son nom, l'espace d'un instant. Pourquoi le troublait-elle autant ? Certes, elle était attirante, mais pas vraiment belle malgré son corps svelte et ses formes pulpeuses.

Elle n'avait rien d'aguichant... mais il était incapable de détourner les yeux !

Rompant la glace la première, elle admira son torse une fraction de seconde... avant de relever rapidement la tête.

— Hum... je ne vous réveille pas au moins ? demanda-t-elle en s'obligeant à fixer son menton.

— Je survivrai. Est-ce que tout va bien ?

— Puis-je vous parler un moment ?

Il hésita une seconde. Malgré lui, il vit défiler quelques scènes tout droit issues de ses fantasmes d'adolescent... avant de recouvrer son sang-froid. Laurie Sutcliffe n'était pas le genre de femmes à s'inviter dans la chambre d'hôtel d'un inconnu pour lui faire des avances.

Ce qu'il déplorait.

S'écartant, il l'invita à entrer d'un geste.

— Je vous en prie.

Comme elle passait devant lui, il inspira une fugitive bouffée de son parfum, une senteur florale qui mêlait l'herbe fraîchement coupée à des fleurs d'agrumes. En refermant la porte, il la vit se planter face à lui et devina aussitôt qu'elle s'était préparée à ce tête-à-tête. De toute évidence, elle savait déjà ce qu'elle allait dire.

— Je viens vous demander de reconsidérer l'invitation de ma mère. Elle m'a expliqué que vous souhaitiez préserver votre indépendance... mais sa maison n'est pas une prison. Vous seriez complètement libre d'aller et venir à votre guise. En plus, Eugenia est merveilleuse et même si nous n'avons pas de room-service, vous trouverez toujours de quoi manger dans la cuisine...

Il garda un moment le silence, surpris par la requête. Il avait remarqué la déception de Peggy tout à l'heure, mais elle avait paru s'en remettre aussitôt. En fait, il avait songé qu'elle avait suffisamment d'invités sous son toit pour lui tenir compagnie.

— Je ne pensais pas que mon refus poserait problème.

— J'ignore ce qu'elle vous a dit exactement, mais elle a été anéantie par la séparation avec son frère et sa sœur. Elle n'avait que huit ans, mais en tant qu'aînée, elle se sentait responsable de ses cadets. Je crois qu'elle s'est toujours sentie coupable de l'éclatement de sa famille. C'est même la raison pour laquelle elle n'a jamais tenté de retrouver elle-même son frère et sa sœur… elle redoutait qu'ils ne la blâment, eux aussi. Si ma cousine Allie n'avait pas pris les choses en main, elle n'aurait jamais rien tenté… Malheureusement, à force de tergiverser, elle n'a pas retrouvé son frère à temps. Voilà pourquoi j'aimerais que vous séjourniez chez elle. Elle pourrait s'entretenir avec vous tous les jours et en apprendre davantage sur Stephen. Elle ne vous l'a pas avoué parce qu'elle refuse d'incommoder les autres. Aussi, monsieur Hunter, c'est moi qui vous le demande : je vous en prie, acceptez son invitation.

A cet instant, il comprit qu'elle luttait contre les larmes et fronça les sourcils. Il avait la curieuse impression qu'elle lui cachait une partie de la vérité. Elle avait une motivation plus profonde que son désir d'aider sa mère à renouer avec son passé.

— Je ne pensais pas que ma présence importait tant à votre mère.

— Elle ne veut plus perdre de temps. Quand elle a appris la mort de Stephen, elle a été ravagée par le chagrin. Je ne peux pas vous dire à quel point…

Détournant la tête, elle tenta de se ressaisir. Il gagna alors la salle de bains pour lui rapporter une boîte de mouchoirs en papier.

Après une hésitation, elle prit un Kleenex, non sans lui jeter au passage un regard contrarié. A l'évidence, elle n'aimait guère pleurer devant lui.

— Merci.

Elle se moucha, puis inspira profondément.

— Donc, monsieur Hunter, qu'en pensez-vous ?

— J'en pense que si vous m'appelez encore une fois M. Hunter, je vais aller m'acheter une montre à gousset, un cheval et une carriole ! C'est Adam. Et je serai heureux d'annuler le reste de mon séjour ici pour résider chez votre mère si cela vous importe tant.

Il la vit relâcher ses épaules sous l'effet du soulagement.

— Vraiment ? Oh ! c'est fantastique. Maman sera si heureuse.

Elle sourit, beaucoup trop attirante avec ses lèvres pulpeuses.

— Vous savez, je redoutais que vous ne jouiez les têtes de mule.

— Moi, tête de mule ? fit-il, pince-sans-rire.

Elle sourit de plus belle.

— Je sais. Vous devez probablement vous demander d'où me vient cette étrange idée ?

— Sans doute parce que seule une tête de mule peut en reconnaître une autre ?

— Ce n'est pas impossible.

Tous deux souriaient à présent. Et machinalement, il jeta un coup d'œil à ses fines mains. Elle ne portait aucune alliance à son annulaire gauche.

Merci, mon Dieu.

Au moment de relever la tête, il croisa son regard : elle l'observait avec une pointe de méfiance. Mais n'était-ce pas logique au vu des pensées qu'il nourrissait secrètement depuis qu'elle avait franchi le seuil ?

— Je dois y aller. Je suppose que je vous reverrai à la propriété ?

— En effet.

— Dans ce cas...

Comme elle regagnait le couloir, il s'écarta de son chemin, mais pas assez vite pour échapper à la chaleur qui émanait de son corps.

Jamais il n'avait été à ce point conscient de la présence d'une femme.

S'arrêtant une dernière fois sur le seuil, elle lui tendit la main.

— Encore merci, Adam. Vous allez faire très plaisir à ma mère.

Il serra sa paume fraîche... et ne la lâcha pas lorsqu'elle voulut la retirer. Elle l'interrogea alors du regard, surprise.

— Ne me voyez surtout pas comment un saint, Laurie. Je peux vous assurer que je n'en suis pas un.

Elle laissa errer son regard bleu sur son torse.

— Je ne crois rien de tel. A mon avis, vous en êtes même très loin…

Relâchant ses doigts, il se fendit d'un sourire en coin.

— Voilà qui me remet à ma place.

— Mais y resterez-vous ?

Il s'adossa d'une épaule au chambranle de la porte et croisa les bras, ravi de cette petite joute.

— Quelles sont les chances, à votre avis ?

— Minces. Très minces.

A toute allure, il se creusa la tête en quête d'une réponse spirituelle ou drôle, afin qu'elle continue à sourire avec cette étincelle de défi et d'intérêt au fond des yeux. Trop tard ! Consultant sa montre, elle fronça les sourcils.

— Flûte, je suis en retard ! Je dois vraiment y aller. On se voit ce soir au dîner, d'accord ?

Elle s'éloigna alors en hâte, fouillant déjà son sac à la recherche de son téléphone. Et, en parfait idiot sous le charme, il la regarda s'éloigner jusqu'à ce qu'elle disparaisse au détour du couloir.

4

Il était tard quand Laurie rentra chez sa mère, affamée, exténuée et… en bonne compagnie. Jetant un coup d'œil dans le rétroviseur, elle vérifia que son chiot dormait toujours dans sa cage et sourit… la brave et chanceuse petite bête ne bougeait pas d'une oreille !

Elle avait commis l'erreur de l'amener en ville avec elle — non par envie mais parce qu'il ne supportait pas d'être séparé d'elle. Et s'il avait été un véritable atout pour amadouer ses fournisseurs, elle avait vite constaté que trimballer un chiot à la manière de Paris Hilton n'était pas une sinécure. En fait, elle avait passé la majeure partie de sa journée à le distraire et le protéger !

De nouveau, elle maudit son ex-mari en soulevant le chiot somnolent dans ses bras, avant de pénétrer dans la maison par la porte latérale. Guy ne l'avait toujours pas rappelée — ce qu'elle interprétait comme une tentative cynique de sa part pour la forcer à s'attacher à l'animal ! Ainsi, il espérait qu'elle n'oserait plus s'en séparer…

Eh bien, elle ne tomberait pas dans son piège et ne se laisserait pas influencer. Certes, le chiot était adorable et elle avait éprouvé une secrète fierté chaque fois qu'une personne l'avait caressé aujourd'hui. Mais elle ne pouvait pardonner cette prise en otage à Guy.

A l'exception de la clarté diffuse d'une lampe dans le séjour, la demeure était plongée dans la pénombre. Posant le chiot à terre, elle se dirigea vers la cuisine. S'il avait aussi faim qu'elle, le petit animal était sans doute prêt à engloutir n'importe quel aliment. En tout cas, elle l'espérait... vu qu'elle n'avait pas pensé à s'arrêter pour acheter de la nourriture pour chiens. Le malheureux devrait se contenter de ce qu'elle dénicherait dans le réfrigérateur.

Devant l'escalier, elle jeta un coup d'œil en direction de l'étage. L'invité de marque de sa mère avait-il pris possession des lieux ? Au milieu de l'après-midi, elle avait reçu un appel joyeux de Peggy, qui lui annonçait le retour d'Adam au bercail. Hélas, Laurie n'avait pas mesuré toutes les implications de son emménagement avant cet instant : elle allait dorénavant vivre sous le même toit que cet homme !

En temps normal, sans doute n'y aurait-elle vu aucun inconvénient... mais elle n'arrivait pas à oublier la vision d'Adam ouvrant la porte de sa chambre d'hôtel à moitié dévêtu, les cheveux en bataille ! Durant tout l'après-midi, elle n'avait cessé de rêver à son torse ferme et hâlé... Elle avait bien cherché à se convaincre que sa tenue négligée et sa chemise ouverte l'avaient déstabilisée... mais elle n'était pas dupe.

En vérité, qu'elle le veuille ou non, Adam Hunter lui rappelait qu'elle avait des désirs. Or, elle avait tendance à l'oublier depuis dix-huit mois.

Après sa rupture avec Guy, elle avait renoncé à sa vie de femme, trop absorbée par son rôle de mère et d'entrepreneuse pour songer à ses propres besoins — en somme, elle avait fait une croix sur le cœur qui bat trop vite et les draps enchevêtrés au petit matin...

De toute manière, elle n'en avait plus envie. Elle aimait son mari et elle avait été déçue, attristée et fâchée par sa trahison. Elle avait passé une année complète à pleurer et admettre que son couple, après avoir donné naissance à deux merveilleux enfants et affronté bien des tempêtes, appartenait au passé.

A quarante ans, elle se retrouvait célibataire alors qu'elle n'avait pas envisagé cette option à ce stade de sa vie. Elle avait bien songé à s'inscrire sur un site de rencontres ou à utiliser ces moyens modernes mis à la disposition des mères divorcées de son âge... mais elle avait vite renoncé. Elle n'était pas prête. Ou intéressée. Ou les deux. Et voilà qu'Adam Hunter lui apparaissait pieds nus, en jean délavé, une chemise largement ouverte sur le torse… et soudain, elle sentait son estomac se nouer ! Elle avait même dû réprimer un vertige face à cet homme vigoureux, dans la force de l'âge, et à ce lit confortable, placé derrière lui, qui n'allait pas servir.

Elle s'arrêta dans l'entrée, fauchée par ce souvenir. Dans la pénombre, elle pressa une main sur sa poitrine, consciente de son pouls trop rapide.

Depuis combien de temps n'avait-elle pas été aussi troublée par un homme ? Des mois, des années…

Elle n'était pourtant pas certaine d'apprécier cette sensation. Certes, elle était rassurée de constater que cet aspect de sa vie n'était pas mort… mais ce n'était vraiment pas le moment.

Ramenée à la réalité par le grondement de son ventre, elle se tourna vers son chiot. La petite boule de poils jappait.

— Oui, je sais, tu as faim. Moi aussi.

Le reprenant dans ses bras, elle se dirigea vers la cuisine où flottait une faible tache de lumière. Eugenia laissait toujours l'ampoule de la hotte allumée à l'intention des retardataires désireux de manger un en-cas vers minuit. Aussi entra-t-elle sans se poser de questions.

Mais…

Il se tenait devant le comptoir, à empiler des condiments entre de grosses tranches de pain de mie… à croire qu'il érigeait une tour ! Pieds nus dans son jean ajusté, il avait enfilé un simple T-shirt blanc qui mettait en valeur sa peau bronzée.

Se tenant de profil, il dut sentir sa présence et jeta un coup d'œil en direction du seuil où elle hésitait.

— Salut. Vous venez juste de rentrer ?

— Hélas, oui ! répondit-elle en ignorant tant bien que mal les coups de boutoir de son cœur affolé.

Pire qu'une adolescente énamourée, troublée par son premier béguin !

Masquant sa confusion, elle se pencha brusquement pour libérer le chiot… qui fonça droit sur Adam, ses petites griffes cliquetant sur le carrelage.

— Attention ! Il va probablement essayer de vous voler votre sandwich…

— Je crois que je saurai me défendre. Quel est son nom, au fait ?

— Il n'en a pas.

Il parut étonné.

— C'est une longue histoire. Et je ne voudrais pas vous détourner de votre repas.

Posant son regard sur la pyramide d'ingrédients et de pain, elle entendit son estomac gargouiller de nouveau… jusqu'à remplir toute la cuisine.

— Avez-vous dîné ?

Elle aurait aimé mentir… mais son ventre ne venait-il pas de la trahir ?

— Non, je venais justement pour manger un morceau.

Sans un mot, il s'empara du couteau à pain et coupa son sandwich en deux. Il en déposa alors une moitié sur une assiette et la lui tendit.

Durant de longues secondes, elle fixa l'en-cas, étonnée par son geste.

— Je ne peux pas voler votre sandwich, voyons.

— Ce n'est pas mon sandwich, mais seulement une moitié. Et puis, il est si gros qu'il risque de me donner une indigestion de toute façon.

Touchée par sa courtoisie, elle accepta finalement avec appétit. Elle avait si faim qu'elle aurait mangé l'assiette !

— Merci.

Contournant le comptoir, elle se jucha sur un haut tabouret avant de se remémorer la présence du chiot. Jetant un coup d'œil aux ingrédients encore alignés, elle chercha la planche à découper.

— Je suppose qu'il ne reste plus de jambon ?

— Si vous voulez que votre raid nocturne en cuisine passe inaperçu, la première règle est de ne pas piller toutes les réserves, répondit-il en poussant un emballage vers elle.

— Vous parlez en homme d'expérience.

— Oui, madame ! Gamin, j'étais déjà un maître en la matière.

Quittant finalement son tabouret, elle s'empara d'un bol dans un placard.

— Ce jambon contient beaucoup de sel. Ce n'est pas très bon pour lui, déclara Adam en la voyant donner le bol, garni d'une généreuse tranche de jambon, au chiot.

— C'est juste pour ce soir. J'ai oublié d'acheter de la nourriture pour chiens.

Elle se rinça les mains, puis revint s'asseoir, consciente qu'il avait observé ses moindres faits et gestes.

— Donc vous avez un chiot, mais il n'a pas de nom et vous n'avez rien pour le nourrir ?

Il était curieux... mais pouvait-elle l'en blâmer ? Sans doute aurait-elle posé les mêmes questions à sa place.

— Mon ex-mari me l'a fait livrer ce matin, sans prévenir.

— Ah.

En le voyant mordre dans son sandwich, elle l'imita... et sentit une demi-douzaine de saveurs exploser dans sa bouche — cornichons, fromage, mayonnaise, jambon fumé... Mon Dieu ! Eugenia savait remplir un frigo et cet homme le piller...

— Délicieux, ce sandwich ! dit-elle en avalant sa première bouchée.

— Depuis combien de temps êtes-vous divorcée ?

Elle ne fut pas vraiment surprise par sa question, d'autant qu'elle s'y attendait en partie. Car même si elle n'avait plus joué au petit jeu de la séduction depuis dix-sept ans, elle était encore capable de reconnaître un homme qui s'intéressait à elle.

— Presque deux ans.

Il acquiesça pendant qu'elle léchait une trace de moutarde sur ses doigts.

— Et vous ? Marié ? Des enfants ?

— Non. Ni l'un ni l'autre.

— Laissez-moi deviner : vous êtes un loup solitaire ?

— Pas du tout. Je veux une famille. J'ai eu quelques relations sérieuses, mais je n'ai tout simplement pas encore trouvé la femme de ma vie.

Malgré son aveu très sincère et son ton neutre, elle sentit une rougeur envahir ses pommettes et reprit une autre bouchée de sandwich.

— Donc, vous comptez rendre ce chiot ?

— J'y suis obligée. Je ne peux pas le garder. Question de principe.

Tous deux regardèrent l'animal qui donnait de vigoureux coups de langue aux parois de son bol.

— Dommage. Il est adorable.

— Oui, c'est vrai.

Un court silence se prolongea pendant qu'ils finissaient leur collation.

— Votre mère m'a dit que vous vous occupiez de l'organisation de la réception ?

— En effet. Je possède ma propre société de traiteur et j'ai beaucoup insisté pour qu'elle me laisse faire. C'est mon cadeau pour ses soixante ans.

— Combien de convives attendez-vous ?

— Environ quatre cents.

Il émit un long sifflement.

— Ne vous inquiétez pas, j'ai déjà géré des fêtes plus importantes, répondit-elle, sur la défensive.

— Je ne m'inquiète pas.

— Je suis désolée. Mon ex-mari se montrait toujours très condescendant quand il évoquait mon travail. Il appelait ça mon « passe-temps ». Ensuite, quand j'ai vraiment commencé à gagner de l'argent, il s'est plaint que je ne lui consacrais plus assez de temps.

Elle s'obligea à se taire avant de révéler que Guy avait aussi eu une liaison avec leur voisine — celle qu'elle appelait la catin — sous prétexte qu'elle n'était plus assez disponible et le poussait à l'infidélité.

N'en avait-elle pas déjà assez dit ?

— Jus d'orange ? demanda Adam.

Elle l'avait probablement embarrassé avec sa confession !

— Volontiers. Merci.

Tandis qu'il ouvrait la porte du réfrigérateur, elle essaya d'imaginer une sortie de scène digne et discrète. Pourquoi ne pas prétexter un réveil matinal, le lendemain — ce qui était la stricte vérité ? Elle pourrait ensuite se réfugier dans sa chambre et cacher sa honte.

Interrompant ses réflexions, il fit glisser un verre vers elle le long du comptoir de granit.

— La création d'une société requiert de gros investissements mais si vous survivez à la première année, cela signifie a priori que vous vous en sortirez bien.

Il leva son verre comme s'il allait porter un toast.

— Félicitations, Laurie ! Vous êtes officiellement une survivante.

Déstabilisée par ce compliment inattendu, elle se contenta de le dévisager en silence. Pendant combien d'années avait-elle attendu que Guy prononce ces paroles ? Elle avait si longtemps espéré qu'il reconnaisse à sa juste valeur son travail acharné, sa créativité, sa persévérance...

— Merci.

La voix trop rauque, elle déglutit avec peine avant de trinquer maladroitement avec lui.

Il se montrait simplement courtois mais curieusement, elle en était bouleversée. Comme s'il avait lu au plus profond de son âme, vu quelque chose que personne d'autre n'avait encore perçu.

— Dois-je comprendre que vous avez, vous aussi, créé votre propre entreprise de construction ? demanda-t-elle.

A son tour, elle éprouvait le besoin d'en apprendre davantage sur cet homme grand et brun à la carrure d'athlète. Car il ne se résumait pas à un corps beau à se damner et d'irrésistibles yeux caramel, n'est-ce pas ?

— Oui, en quelque sorte. J'ai suivi mon apprentissage auprès de Stephen et ensuite, je me suis mis à mon compte. Mais quand une entreprise connaît une expansion rapide, mieux vaut avoir un associé sur lequel compter, une personne désireuse de s'investir autant que vous. Stephen et moi sommes officiellement devenus partenaires il y a dix ans.

— Et quand avez-vous créé votre fonds de charité ? J'ai cru comprendre que vous vous occupiez d'adolescents en difficulté...

— Nous les engageons comme apprentis du bâtiment, et nous leur offrons un logement et le couvert grâce à l'association.

S'ils persévèrent dans cette voie, ils repartent avec un métier et une seconde chance.

— Cette méthode me semble très positive.

— Elle ne marche pourtant pas à tous les coups. Nous avons connu de belles réussites, mais aussi quelques échecs. Au bout du compte, ce sont les gamins qui décident s'ils ont envie de s'en sortir ou non.

Etouffant un bâillement, il s'excusa aussitôt. Elle secoua la tête.

— Avec le décalage horaire, vous êtes probablement épuisé. Vous devriez monter vous coucher — moi aussi, d'ailleurs. Une longue journée m'attend demain.

Après avoir placé assiettes et verres dans le lave-vaisselle, elle rangea rapidement les ingrédients dans le réfrigérateur et attrapa son chiot. Elle comptait le sortir pour un dernier arrêt-pipi avant de se coucher.

— Où va-t-il dormir cette nuit ? demanda Adam.

— Je n'y ai pas vraiment réfléchi. Dans la buanderie ? fit-elle, inquiète à l'idée que cette pauvre bête y souffre de solitude.

— Cela me paraît la meilleure option si vous ne comptez pas le garder. Mais laissez-moi vous donner un conseil : donnez-lui un objet qui vous appartient, avec votre odeur. Il sera plus rassuré.

— Oh. D'accord. Excellente idée. A l'évidence, vous avez déjà eu un chien.

— Oui. J'ai perdu Diesel l'année dernière.

— Désolée.

— Je crois qu'il a eu une belle vie.

Elle faillit l'interroger sur la race de l'animal, puis se ravisa. Elle cherchait seulement des prétextes pour s'attarder auprès de lui.

— Eh bien, bonne nuit. Et encore merci pour le sandwich. C'était délicieux.

— Ce fut un plaisir.

S'élançant vers l'entrée avant de trouver une autre excuse pour rester bavarder, elle laissa sortir le chiot.

Et debout sur le perron, elle serra ses bras contre sa poitrine dans l'air frais de la nuit, en contemplant les étoiles.

Sa mère avait raison : Adam Hunter était un homme charmant. Même si elle trouvait le terme un peu mièvre pour un homme aussi énergique et charismatique… Elle appréciait particulièrement son honnêteté, sa courtoisie et sa prévenance.

Et il est sexy, ne l'oublie pas ! ajouta-t-elle. *Drôlement sexy !*

Cela dit, ces qualités importaient peu. Adam Hunter avait beau lui plaire, elle ne risquait pas pour autant de lui faire des avances !

Tout d'abord, elle manquait d'entraînement et ignorait comment procéder — quand lui paraissait très à l'aise avec les femmes. Ensuite, et surtout, il ne s'attarderait pas plus d'une semaine ou deux, et elle ne cherchait en aucun cas une aventure sans lendemain.

— Cela résout la question, déclara-t-elle au cœur du jardin silencieux.

Alors pourquoi semblait-elle si peu résolue à adopter cette conduite au moment de déposer le chiot dans la buanderie avec, selon la suggestion d'Adam, l'un de ses T-shirts ? Elle gravit l'escalier menant à sa chambre et sentit sa détermination fléchir sur le palier du deuxième étage, en passant devant le rai de lumière qui filtrait sous la porte de la chambre d'amis. Apparemment, l'Australien dormait en face d'elle…

N'était-elle pas stupide ? Elle accumulait assez les problèmes sans s'encombrer d'ennuis supplémentaires. Même si elle jugeait son nouveau « tracas » à croquer dans son jean moulant.

Va te coucher. Dors un peu. A ton réveil, demain matin, cette histoire ne sera plus qu'un vague souvenir, et tu pourras te remettre au travail comme à ton habitude.

Du moins, si elle avait de la chance.

Le lendemain, Adam ne trouva nulle trace de Laurie en descendant pour le petit déjeuner. Sans doute était-elle encore assoupie, à moins qu'elle ne soit partie depuis longtemps. Il avait beau la connaître peu, il opta directement pour la seconde option.

Grignotant quelques toasts, arrosés de café, il partagea le journal du matin avec David, le frère de Laurie… jusqu'à ce que sa grand-mère passe la tête dans l'entrebâillement de la porte pour les inviter à sa séance de Tai Chi quotidienne. Adam déclina rapidement en raison du travail qui l'attendait sur son ordinateur, grâce à internet.

Puis, une fois libéré de ses tâches, il partit à la recherche de Peggy, qu'il trouva finalement dans la cuisine.

— Je suis dans les parages si vous avez des questions à me poser, déclara-t-il. Et je souhaiterais aussi vous donner ceci.

Il lui tendit la boîte de photos qu'il avait emportée avec lui dans sa valise. Pressant le couvercle de carton jauni entre ses paumes, la vieille dame la posa sur ses genoux.

— Ce sont des clichés de Stephen ? demanda-t-elle d'une voix étranglée.

— Je les ai trouvés dans sa penderie lorsque j'ai vidé son appartement. Ce n'était pas un grand sentimental, aussi n'y a-t-il pas grand-chose.

Il redoutait qu'elle ne fonde de trop grands espoirs sur son maigre présent.

— C'est toujours mieux que rien. Oh ! je dois appeler Tory. Elle voudra être avec moi.

Cinq minutes plus tard, les deux sœurs se pelotonnèrent l'une contre l'autre tandis que Peggy soulevait le couvercle de la précieuse boîte. Le visage indéchiffrable, elles étudièrent l'étrange assortiment de lettres, cartes postales, photographies et pellicules de film sans oser y toucher.

Peggy tendit la boîte à sa cadette.

— Toi d'abord.

— Non, toi.

Adam détourna les yeux, troublé par le mélange d'espoir et de tristesse qu'il lisait sur leurs traits. Il comprenait maintenant pourquoi Laurie avait tant insisté pour qu'il s'installe entre ces murs. A l'évidence, le passé de Stephen importait beaucoup aux deux sœurs.

La première, Peggy plongea sa main et saisit un cliché — un vieux Polaroid couleur sépia, âgé de nombreuses années. Adam occupait le cadre, beaucoup plus jeune, en une posture empreinte d'effronterie et de méfiance. Mais n'était-ce pas sa marque de fabrique avant que Stephen ne le prenne sous son aile ? A son côté, Stephen fixait l'objectif avec son indéfectible bonne humeur. Jamais il ne se départait de son humour ou de sa légèreté pour affronter la vie.

— Quand cette photo a-t-elle été prise ? demanda Tory.

Tout comme sa sœur, elle présentait une ressemblance troublante avec son défunt mentor.

— Il y a une vingtaine d'années.

— Il a l'air heureux, dit Peggy à voix basse.

Tory lança un regard en biais à Adam, en quête d'une confirmation.

— C'était un homme très facile à vivre. La plupart du temps, il était donc heureux.

— Mais... n'est-ce pas vous à côté de lui ? s'enquit soudain Peggy, en tapotant d'un ongle l'image défraîchie. Je ne vous avais pas reconnu.

— Je plaide coupable.

Tory ne masqua pas sa surprise :

— J'ignorais que vous aviez connu Stephen si jeune...

— Hum, oui... et sans lui, je n'aurais sans doute pas fait de vieux os.

Les deux sœurs hochèrent la tête en même temps, ce qui ne manqua pas de le déstabiliser. Comment pouvaient-elles adopter le même langage corporel alors qu'elles avaient été séparées durant des années ?

Il se racla la gorge, conscient qu'il leur devait quelques explications.

— Je n'étais pas exactement un enfant modèle, à l'époque. Je « surfais » sur un train avec des copains le jour où nous nous sommes rencontrés. En fait, ce jeu consiste à s'accrocher au dernier wagon, le corps à moitié dans le vide, pour se laisser griser par la vitesse. Stephen nous a repérés alors que nous étions à l'arrêt dans une gare, et il est devenu fou. Il m'a attrapé par le col avant que je ne prenne la fuite et il a bien failli m'étrangler ! J'ai cru que j'allais y rester.

— A mon avis, vous lui avez fait peur...

— Et vice versa ! Bref, il m'a forcé à avouer mon adresse et m'a traîné chez ma mère. Je me revois encore debout, au milieu du salon, pendant qu'elle pleurait toutes les larmes de son corps en écoutant le récit de Stephen. Ensuite, il m'a offert un petit boulot après l'école, sur un de ses chantiers en cours.

Peggy sourit.

— Les débuts d'une belle amitié.

Il lui répondit d'un regard désabusé.

— Croyez-moi, au début, notre relation n'était pas vraiment idyllique. Mais il m'a sauvé de la délinquance en devenant mon tuteur officiel, et nous avons fini par nous comprendre.

— Ah… et cela explique pourquoi vous avez créé ce fonds de charité, déclara Peggy avec douceur.

— En effet. Nous aidions déjà des gamins de manière officieuse, mais nous voulions aller plus loin, en faire davantage. Avec cette association, notre action a pris une tournure officielle et nous avons pu obtenir des aides du gouvernement ou des collectivités.

Durant un moment, ils continuèrent à discuter, les deux sœurs sortant l'un après l'autre les clichés de la boîte. Elles l'interrogeaient sur le passé de Stephen et il s'efforçait de reconstituer l'histoire. Hélas, il souffrait de quelques lacunes et perçut vite leur frustration.

A l'heure du déjeuner, il leur prépara des sandwichs et tous trois s'attablèrent au comptoir pendant que Tory, écrivain elle aussi, évoquait la nouvelle série de bandes dessinées à laquelle elle travaillait.

Ce n'est qu'à la fin du repas qu'un léger bruit de pas tinta sur le carrelage. Adam leva la tête au moment où Laurie franchissait le seuil, vêtue d'un jean moulant et d'un T-shirt rouge, une paire de lunettes de soleil juchée sur la tête. Une seconde plus tard, son chiot apparut, la truffe en l'air et la queue frétillante, en quête de nouvelles odeurs… ou de miettes de nourriture.

— Bonjour ! Ou plutôt, bon après-midi, dit-elle en fuyant au plus vite son regard.

Intéressant.

— Tu t'es levée tôt, dit Peggy sur un ton de reproches. Je me suis languie de toi au petit déjeuner.

— J'avais des rendez-vous.

— Mais tu as pensé à manger un morceau, au moins ?

Touchée par son inquiétude, elle pressa affectueusement l'épaule de sa mère.

— Je n'ai besoin de rien.

De son côté, Tory coula un regard entendu à Adam.

— Ça signifie « non », en langage laurien. Même moi, j'ai appris à la décoder en seulement deux mois.

Quittant son siège, Adam ouvrit le réfrigérateur et prit le sandwich qu'il lui avait préparé un peu plus tôt. Elle écarquilla les yeux, très étonnée.

— Vous m'avez fait à déjeuner ?

— Je me suis dit que vous n'y auriez pas pensé.

Peggy éclata de rire.

— Il t'a percée à jour, ma fille ! Vous avez raison, Adam : elle oublie toujours de manger, surtout quand elle travaille !

Laurie ne le quittait toujours pas des yeux.

— Vous l'avez vraiment fait pour moi ?

Elle avait l'air si consterné, si méfiant, qu'il hésita à mentir. Peut-être devait-il répondre qu'il s'était confectionné un en-cas pour plus tard ? Mais parce qu'elle semblait apprécier la franchise, il préféra hausser les épaules avec nonchalance.

— Le pain était sorti.

L'espace d'un instant, elle baissa les yeux sur son assiette, puis le regarda de nouveau.

— Merci.

A son tour, il fut surpris par son expression de gratitude. Elle lui avait déjà semblé très reconnaissante la veille, lorsqu'il avait trinqué au succès de sa société. Fugitivement, il se demanda quel genre de crétin était son ex-mari. Cette femme — cette femme chaleureuse, généreuse et compétente — n'aurait pas dû être désarçonnée par un compliment. Et pourtant, elle tombait des nues chaque fois !

Peggy coupa court à ses réflexions :

— Regarde, Adam nous a apporté la boîte à trésors de Stephen.

Debout à côté du comptoir, Adam taquina le chiot du bout de sa chaussure, tout en observant les trois femmes penchées sur les clichés. Laurie attaqua alors son sandwich, tout en lui glissant des œillades furtives pendant qu'il répondait aux questions des deux sœurs ou précisait un détail. Dès qu'il croisait son regard, il le ressentait au plus profond de ses entrailles.

S'ils s'étaient tous deux trouvés en Australie, sans doute aurait-il tenté sa chance avec davantage que de pauvres sandwichs en guise d'armes de séduction... Il lui aurait même sorti le grand jeu pour tirer profit de leur attirance mutuelle.

Hélas, ils ne se trouvaient pas sur sa terre natale. Et aux Etats-Unis, il n'était que de passage.

Il devait en tirer des conclusions... et arrêter de lui préparer son déjeuner. De même, il ferait mieux de détourner les yeux quand elle lèverait de nouveau la tête.

A cette seconde précise, elle chercha ses yeux. Leurs pupilles s'accrochèrent.

Et il ne bougea pas.

5

Durant toute la journée, Laurie passa son temps à sermonner son chiot et gérer la myriade de problèmes de dernière minute propres à l'organisation d'une réception de grande envergure. Elle s'efforça aussi de ne pas guetter une certaine voix grave et une silhouette athlétique, aux larges épaules, qu'elle apercevait par intermittence dans le manoir ou les jardins de sa mère.

A la base, elle avait prévu d'être raisonnable, de rester à bonne distance d'Adam. Mais en entrant dans la cuisine à l'heure du déjeuner, elle avait oublié toutes ses belles résolutions lorsqu'il lui avait tendu un sandwich.

Au souvenir de ce moment, elle éprouvait un mélange d'incrédulité et de joie. Par ce seul geste, il lui avait prouvé qu'il pensait à elle, qu'il comprenait combien elle était débordée à force de prendre soin des autres — au point, parfois, de taire ses propres besoins... Lui, au contraire, se souciait de son bien-être.

Peut-être exagérait-elle ? Après tout, ce n'était que deux banales tranches de pain... mais elles signifiaient beaucoup plus à ses yeux.

Toutefois, elle gardait à l'esprit que ses attentions ne changeaient rien au problème : Adam Hunter vivait toujours à l'autre bout du monde. Après la réception, il repartirait dans son pays et jamais ils ne se reverraient — si tant est qu'il se souvienne encore de son nom dans quelques mois. Ce dont elle doutait !

Malgré tout, elle était déchirée. D'un point de vue logique, elle savait qu'elle devait rester éloignée et ignorer leur attirance réciproque… mais dès qu'Adam se trouvait dans les parages, elle perdait le contrôle.

En somme, elle s'était méchamment amourachée du bel Australien. Et même si elle ne pouvait laisser libre cours à ses sentiments, elle avait bien conscience qu'ils ne se dissiperaient pas d'un coup de baguette magique.

Baignée par la lueur orangée du crépuscule, elle s'autorisa à recenser les options à sa disposition tout en arpentant la pelouse pour surveiller l'équipe d'installateurs en train d'ériger le chapiteau.

Pour l'instant, Adam était là, et sa chambre faisait face à la sienne. Une femme plus audacieuse aurait sans doute sauté sur l'occasion, indifférente aux conséquences… mais pas elle. Dormant seule depuis bientôt deux ans, elle était devenue inaccessible à la passion et au désir. Mère dévouée, travailleuse acharnée, fille attentionnée, elle avait renoncé au plaisir… même si à présent, elle aspirait à de fugitifs moments de bonheur, voués à n'être qu'une poignée de nuits éphémères dans les bras d'un homme qu'elle ne reverrait jamais.

Adam serait un merveilleux amant. De son côté, elle manquait d'expérience. Guy et elle s'étaient mariés à la sortie du lycée et, même si elle n'était pas vierge… la différence restait mince. Malgré tout, elle devinait d'instinct combien Adam était un bon partenaire.

Alors pourquoi pas ? Pourquoi ne pas faire preuve d'insouciance et d'audace ?

Elle jeta un coup d'œil à la villa, en proie à un fantasme. Elle, dans une tenue soyeuse et sexy, traversant discrètement le couloir pour frapper à la porte d'Adam. Lui, vêtu de son simple jean délavé, qui lui ouvrait. Que lui dirait-elle ? « M'attendiez-vous ? ». Ou plus simple : « Puis-je entrer ? ».

A cet instant, la sonnerie stridente de son portable retentit. Arrachée à sa rêverie sensuelle, elle sortit l'appareil de sa poche et jeta un coup d'œil à l'écran.

Guy.

Enfin !

S'éloignant de quelques pas, elle prit la communication.

— Je n'espérais plus ton appel, Guy, dit-elle froidement. Même si tu aurais pu décrocher hier.

Il se mit à rire.

— Je voulais te laisser le temps de te calmer. Peux-tu m'en blâmer ?

Elle détesta l'assurance de sa voix et son petit sourire entendu, qu'elle devinait à l'autre bout du fil. Il croyait la connaître par cœur et n'avoir qu'à claquer des doigts pour qu'elle revienne en courant, maintenant sa crise de la quarantaine terminée !

— As-tu la moindre idée de mes responsabilités ces temps-ci ? Maman a toujours le pied dans le plâtre, et j'ai une tonne de détails à régler avant la réception ! Alors je n'avais absolument pas besoin qu'un chiot non éduqué débarque dans ma vie !

— Un chiot, c'est comme un enfant. Il suffit de s'adapter, répondit Guy, sentencieux.

A ces mots, elle jeta un coup d'œil au chiot qui dormait dans un rayon de soleil sur la pelouse. Il avait si bien distrait les ouvriers en charge de monter le chapiteau qu'il avait été acclamé, grattouillé et nourri avec des restes de leur déjeuner durant tout l'après-midi.

— Ça ne suffira pas à m'amadouer, Guy. Un chiot n'est pas un bouquet de fleurs. Ce n'est pas un cadeau qu'on offre sur un coup de tête !

— Très bien, très bien. Je suis désolé, d'accord ? Je passais devant une animalerie, je l'ai vu, et je me suis souvenu que tu avais toujours rêvé d'avoir un chien... Peut-être me suis-je montré trop impulsif ? J'aurais sans doute dû te consulter avant.

— Ne me raconte pas de salades, Guy ! Peu m'importent tes problèmes avec Prue : m'offrir un chien ne changera rien entre nous. Tu voulais divorcer, c'est fait. N'espère pas qu'un chiot rachètera tes erreurs, aussi mignon soit-il !

Elle se redressa, fière de la fermeté de sa voix, de sa conviction.

Au bout de la ligne, elle perçut un court silence et imagina son ex-mari en train de se ressaisir.

— Prue et moi n'avons pas rompu, dit-il finalement.

Elle se raidit, les doigts crispés sur le combiné.

— Et donc, tu m'as offert un chiot sans raison, juste parce

que tu es un type sympa et que tu pensais à moi ? N'insulte pas mon intelligence, Guy ! J'ai été ta femme pendant dix-sept ans. Je te connais bien. Tu n'offres jamais rien sans attendre un service en retour.

— Soit. Je souhaitais en effet te parler, déclara-t-il enfin. Mais il ne s'agit pas de... Prue et moi. Tout va bien entre nous.

Elle trouva sa voix empruntée, comme s'il était mal à l'aise.

— Les enfants ne te l'ont peut-être pas dit mais j'ai démissionné. Je me lance à mon compte. Je sais que Roland est l'agent littéraire de ta mère depuis des années, mais j'ai un contrat en or à lui proposer. Alors j'ai pensé que tu pourrais intercéder en ma faveur, lui parler avant que je ne la contacte...

Envahie par une onde de chaleur, les joues rougies par l'émotion, elle mit quelques instants à comprendre ces paroles.

Guy ne lui avait pas offert un chiot à cause de vagues remords au sujet de leur mariage ou d'un éventuel retour. Non, il avait seulement agi pour sa carrière d'agent littéraire, son compte en banque, son succès !

Comme il attendait sa réponse, elle essaya de rassembler ses pensées — sans grande réussite. Elle n'entendait que l'écho de sa propre voix : *m'offrir un chien ne changera rien entre nous.* Comment avait-elle pu être aussi naïve et... pathétique ? Mortifiée, elle aurait voulu disparaître sous terre, engloutie par l'humiliation.

Guy ne voulait pas d'elle. Correction : Guy ne voulait *toujours pas* d'elle !

— Maman et moi ne parlons jamais affaires. Tu le sais parfaitement.

Jamais elle ne s'était exprimée d'une voix aussi tendue.

— Et je respecte ce choix, vraiment. Mais l'enjeu est crucial, pour moi. Ça passe ou ça casse, en quelque sorte.

Que s'était-il passé à l'agence pour que Guy quitte son poste ? Elle se rappelait vaguement de petits jeux de pouvoir, à connotation politique, entre Guy et ses associés. Peut-être son ex-mari avait-il poussé le bouchon trop loin ? Ou peut-être désirait-il bâtir une nouvelle existence, changer de métier après avoir changé de compagne...

Peu importait. Elle n'était plus concernée. En rien.

— Ce qui se passe entre ma mère et toi ne me regarde pas, dit-elle avec calme. Ce ne sont pas mes affaires.

— Allons ! Tu sais pertinemment qu'elle a une dent contre moi depuis notre divorce. Alors j'aimerais m'assurer que tu ne me dénigreras pas dans mon dos...

— Je dois raccrocher, Guy.

— Laurie, attends...

Elle coupa la communication. Une seconde plus tard, l'appareil sonna de nouveau mais elle laissa le répondeur s'enclencher, avant d'éteindre définitivement l'appareil. Parce qu'elle avait besoin de marcher, elle s'éloigna de la villa pour rejoindre le ponton privé de sa mère. Arpentant les belles lattes grises, elle se planta à l'extrémité et s'assit face à l'océan, le regard perdu dans le vide.

Si elle était blessée, c'était avant tout une question de fierté. Elle n'aimait plus Guy, mais elle avait éprouvé une vive satisfaction à l'idée qu'il regrettait peut-être leur rupture. Une sorte de baume pour son ego meurtri.

Mais elle s'était trompée, et elle se sentait maintenant stupide et vulnérable. Aujourd'hui encore, Guy pensait probablement qu'elle se languissait toujours de lui, telle une pauvre quadragénaire solitaire et abandonnée.

Il se trompait, même si elle n'avait aucun moyen de le lui prouver.

Alors, oui, il avait surtout écorné son orgueil... mais elle n'en trouvait pas la situation plus supportable pour autant.

A cet instant, elle sentit une petite truffe froide s'écraser contre son bras et baissa les yeux. Son chiot l'avait suivie sur le ponton. Et à présent, il enfouissait son museau au creux de sa paume, en battant joyeusement de la queue.

Elle l'installa sur ses genoux et le vit tourner sur lui-même, ses petites griffes affûtées labourant son estomac à travers son T-shirt, avant de se coucher.

Mince ! Tout à l'heure, au téléphone, elle avait oublié de demander à Guy de récupérer cette affreuse bestiole.

Caressant la fourrure soyeuse de la petite bête jusqu'à lui tirer un soupir d'aise, elle perdit son regard à l'horizon. Elle rappellerait Guy demain. Pour le moment, elle avait eu sa dose d'ex-mari.

Plus que sa dose, même !

Durant une demi-heure, elle resta immobile sur le ponton, avant de se forcer à réagir, titillée par sa mauvaise conscience. Elle avait une foule d'appels à passer, des rendez-vous à organiser et d'innombrables détails à soumettre à sa mère... Aussi ne pouvait-elle s'offrir le luxe de rester assise à ne rien faire, sinon s'apitoyer sur son sort !

Comme elle reposait le chiot sur le ponton, elle s'esclaffa devant sa mine outrée.

— Je viens de te gratter le ventre pendant une éternité, alors ne me regarde pas comme ça !

Remontant vers la pelouse, elle découvrit avec plaisir le chapiteau principal monté et les installateurs occupés à ranger leur matériel. Elle reporta alors son attention sur la villa : dès le lendemain, elle s'occuperait de l'éclairage extérieur et passerait en revue les petits problèmes de maintenance avec George, le jardinier et homme à tout faire de sa mère.

Quand soudain... elle aperçut une ombre qui se détachait du mur, sous le balcon du premier étage, et s'approcha.

Adam. Elle aurait reconnu sa haute taille et sa puissante silhouette entre mille.

Auréolé des derniers feux du soleil couchant, des lunettes teintées sur le nez et une bouteille de bière à la main, il semblait très à l'aise.

Un instant, elle songea à son fantasme — celui où elle toquait à sa porte en nuisette... avant de s'abandonner dans ses bras, l'espace d'une nuit, à une folle passion sans lendemain...

Elle se retint presque d'éclater de rire. Elle devenait vraiment pathétique !

Jamais elle n'aurait l'audace de s'introduire dans sa chambre. N'était-elle pas une femme de quarante ans avec deux enfants, écrasée par les responsabilités et totalement perdue dans la dure jungle du célibat ? Déjà qu'elle peinait à décrypter son ex-mari, elle n'avait aucune chance avec un homme aussi assuré et sexy que cet Australien.

Instinctivement, elle rebroussa chemin, contournant délibérément la maison pour ne pas le croiser.

Pour l'heure, elle ne s'estimait pas capable de soutenir son regard clair. Il était trop perspicace, comme s'il lisait dans ses pensées.

Tête baissée, elle dépassa la demeure.

Au moment de se coucher, Adam n'avait pas revu Laurie, qui l'avait soigneusement évité, il en était certain. Avait-elle été contrariée aujourd'hui ? Il en avait acquis la certitude en sortant sur la terrasse avec sa bière à la main. Il l'avait vue à l'extrémité du ponton, assise à méditer. Et il n'avait pas eu besoin de voir son visage pour deviner qu'elle se débattait avec un énième problème. Il l'avait compris d'un simple coup d'œil à ses épaules rigides et sa nuque courbée.

Surtout, elle avait délibérément évité sa route pour ne pas le croiser devant la villa.

A cet instant, il avait dû refouler son envie de la suivre, ne serait-ce que pour la réconforter. Il ne pouvait en effet outrepasser certaines limites…

Et puis, elle n'avait sans doute pas besoin qu'un parfait étranger fourre son nez dans ses affaires.

Il avait donc passé la soirée avec Peggy et Tory, à inventorier le contenu de la boîte à souvenirs de Stephen et à répondre à leurs nombreuses questions. Puis il avait terminé par une petite session de travail en ligne sur son ordinateur.

A sa grande surprise, il avait découvert que tout se déroulait sans anicroche malgré son absence à la barre. Jamais encore il n'avait pris de congé, encore moins quitté une journée sa société… mais apparemment, son bras droit, Syd, se tirait à merveille de la situation. Syd était l'une des plus belles réussites de son programme d'insertion — diplômée avec mention, elle était devenue l'une des meilleures ébénistes du pays. Elle avait aussi une parfaite connaissance des opérations prévues par l'entreprise de construction comme par le fonds philanthropique.

Surtout, à en juger par son calme lors de leur vidéo conférence, elle contrôlait la situation.

Grâce à sa collaboratrice, il n'avait plus qu'à se détendre. Ou penser à Laurie.

Le lendemain, il se réveilla aux aurores grâce à la sonnerie de son réveil. Et quand il entra dans la cuisine, Laurie terminait son café.

— Vous êtes très matinal ! lança-t-elle avec une ébauche de sourire.

Elle portait un short bleu marine, et un débardeur bleu ardoise de la nuance de ses yeux.

— Vous aussi.

— Je me lève toujours tôt.

— Comme moi, répondit-il, en taisant soigneusement sa propension à faire la grasse matinée dès qu'il en avait l'occasion.

Se servant du café, il en offrit une seconde tasse à Laurie sans lui demander son avis. Elle lui coula un regard en biais.

— Ai-je l'air fatigué au point que vous doubliez ma dose de caféine ?

Il la détailla de la tête aux pieds, admirant sa poitrine menue et ferme, sa taille fine et ses jambes élancées. Elle avait un corps de sportive, sans rondeur superflue même si elle possédait de jolies courbes féminines.

Quand il revint à son visage, il découvrit ses joues rosies.

— Vous m'avez l'air en pleine forme, dit-il enfin. Mais à cette heure, un peu de café n'est jamais de refus !

Elle joua avec la poignée de sa tasse, gênée. A peine sortie de la douche, elle avait les cheveux légèrement humides, et sa bouche semblait pâle, dénuée de tout maquillage. Il s'attarda sur sa lèvre inférieure, si pulpeuse. Quel goût aurait-elle ? Un arôme de café ? Ou une saveur secrète, qui n'appartenait qu'à elle ?

— Comptez-vous visiter le pays pendant votre séjour sous notre toit ?

Elle avait parlé un peu trop vite. Parce qu'il la rendait nerveuse. Et la réciproque était exacte. Quoique... il exagérait. Il avait plutôt l'impression d'avoir brusquement rajeuni. Pour la première fois depuis des années, il hésitait, il tâtonnait...

— Je ferai peut-être un saut à New York après la réception. Ce serait idiot d'avoir parcouru tout ce chemin sans jouer les touristes.

— Et ensuite, vous rentrerez chez vous, je suppose ?

Il croisa son regard :

— Oui.

Ni l'un ni l'autre n'ajouta un mot tandis qu'elle avalait d'une traite le contenu de sa tasse, avant de la déposer dans l'évier.

— Je ferais mieux d'y aller.

— Beaucoup de travail en prévision ?

— Oh oui ! fit-elle, presque à regret.

— Puis-je vous aider ?

— Alors que vous êtes en vacances ? Vous n'y pensez pas, enfin !

— Je suis l'un de ces extraterrestres qui ne supportent pas l'inactivité, répondit-il du tac au tac.

Elle effleura son torse du regard, puis revint à son visage.

— Ça, je veux bien le croire.

— Donc, je peux vous aider ?

Un bref instant, elle le dévisagea, en proie à un débat intérieur.

— En me donnant une occupation, vous me rendrez un immense service.

Elle esquissa un demi-sourire devant son insistance.

— Je ne sais pas si je peux vous croire.

— Qu'avez-vous à perdre ?

— Suis-je vraiment obligé de répondre à ça ?

Comme il riait, elle s'empara de son téléphone, posé sur le bord du comptoir :

— Retrouvez-moi dans le jardin quand vous aurez fini votre petit déjeuner, et je vous trouverai un petit travail si vous en avez toujours envie.

— Marché conclu.

Après avoir englouti deux toasts, il la rejoignit sous le chapiteau. Elle sursauta en le voyant.

— Vous étiez sérieux !

— Je ne fais jamais de promesse que je ne compte pas tenir.

Et durant deux heures, il s'activa aux côtés de Laurie et de quatre autres membres de son équipe. En disposant les tables et les chaises sous la tente, ils piquèrent même quelques fous rires, multipliant les plaisanteries bon enfant. Sans surprise, il découvrit aussi que Laurie était très appréciée par ses employés. Mais n'était-elle pas une bonne patronne, claire, précise, ferme... et guère avare de compliments ?

En milieu de matinée, ils s'attelèrent à l'installation de guirlandes électriques dans le jardin, un peu entravés par les facéties du chiot. Et après avoir juché une série de spots sur la balustrade de la terrasse, Adam trouva Laurie perchée en haut d'une échelle, devant le seuil de la maison. Elle avait les mains encombrées par plusieurs mètres de guirlande lumineuse.

Craignant pour elle une mauvaise chute, il se retint d'empoigner l'échelle et d'exiger qu'elle descende. Il ne pouvait décemment pas lui donner d'ordres ! Aussi se contenta-t-il de caler l'échelle après avoir vérifié la solidité des barreaux.

— Tout va bien là-haut ?

Elle baissa les yeux sur lui, s'apercevant enfin de sa présence.

— Oh ! vous êtes là. Avez-vous terminé les préparatifs sur la terrasse ?

— Oui, madame. Je peux prendre la relève ici, si vous le souhaitez, répondit-il avec un regard suspicieux à l'avant-dernier barreau fissuré.

— Waouh ! Je devrais peut-être vous engager de manière permanente... Vous faites passer le reste de mon équipe pour des tire-au-flanc! Ne soyez pas surpris s'ils vous prennent à part pour vous demander de ralentir l'allure...

Ils se sourirent.

— Je ferai attention.

S'il plaisantait, il se sentait pourtant de plus en plus nerveux à force de la voir juchée sur cette fichue échelle.

— J'aurais peut-être dû démêler ces fils avant de monter, dit-elle en tiraillant un des nœuds du câble.

— Excellente idée. Descendez et nous nous en occuperons ensemble, fit-il d'une voix tendue.

Elle le tança d'un regard amusé.

— Ne me dites pas que vous faites partie de ces machos qui

s'affolent dès qu'une femme change un pneu ou grimpe sur une échelle ?

— Coupable, Votre Honneur.

— Vous avez conscience d'être sexiste, au moins ?

— Une fois encore, je plaide coupable. Si vous descendiez, maintenant ?

Elle s'esclaffa.

— Tenez, attrapez.

Elle lui lança la guirlande… qu'il jeta aussitôt à terre alors qu'elle entamait sa descente. Dans un réflexe, il posa une main sur ses reins pour la stabiliser, juste au cas où elle déraperait.

Quand, finalement, elle sauta du dernier barreau, elle le gratifia d'un sourire troublé.

— Merci.

— Je vous en prie.

Il ne s'écarta pas tout de suite. Elle lui faisait maintenant face et il la tenait toujours par la hanche. Avalant sa salive avec peine, elle laissa glisser son regard sur sa bouche.

Le temps s'arrêta.

S'il avançait d'un pas et inclinait la tête, ils s'embrasseraient.

De ses doigts fermes, il pressa sa hanche et trouva sa peau tiède, ferme, à travers le tissu.

— Laurie…

Il ouvrit la bouche mais les sourdes vibrations d'un moteur couvrirent ses paroles. Jetant un coup d'œil derrière lui, il aperçut alors une élégante Aston Martin Vanquish noire en train de remonter l'allée.

Laurie s'écarta et il laissa retomber sa main.

— Qui est-ce ?

Elle afficha une expression indéchiffrable.

— Guy. Mon ex-mari.

6

L'instant d'après, le visage de Laurie s'illuminait en apercevant les deux autres occupants de la voiture.

— Et aussi Josh, mon fils, et ma fille Amy.

Enchantée, elle se précipita pour accueillir ses enfants. Adam, lui, resta immobile, occupé à observer attentivement le fameux ex-mari s'extraire de son luxueux et étroit véhicule.

Lisse et un brin pédant, Guy Sutcliffe ressemblait à tous ces hommes qui n'ont jamais eu à lutter pour obtenir quoi que ce soit dans la vie. Ses cheveux châtains striés de gris, il commençait à afficher un petit bourrelet au niveau de la taille, habilement masqué par son beau costume taillé sur mesure.

D'un seul regard, Adam comprit quel genre d'homme Laurie avait épousé. Il détailla sa cravate à rayures haute couture et l'éclat de l'or de ses boutons de manchettes pendant que Guy lissait sa chevelure tout en observant les embrassades de son ex-femme avec leurs enfants...

Pas étonnant que Laurie ait été si surprise lorsqu'il avait trinqué à son succès l'autre nuit. A lui seul, l'ego de ce type absorbait tout l'air d'une pièce !

Il reporta son attention sur les enfants, qui avaient tous deux hérité, par chance, de la beauté de leur mère — cheveux bruns, yeux d'un bleu profond, silhouettes longilignes. La fille, Amy, serait sans doute aussi jolie que sa mère. Quant à Josh, il rencontrerait certainement un franc succès auprès de la gent féminine.

— En voilà une surprise ! s'exclama Laurie en étreignant tour à tour les deux adolescents.

— Quand papa nous a dit qu'il venait ici, nous avons insisté pour l'accompagner, déclara Amy. Il a un rendez-vous avec grand-mère, plusieurs courses à faire en ville et ensuite, il viendra nous récupérer. Si ça te va, évidemment ?

— Evidemment. C'est génial !

— Où est le chiot ? demanda aussitôt Josh.

En réponse, Laurie décocha à son ex un regard mauvais mais Guy haussa les épaules, comme s'il n'y pouvait plus rien. Elle rompit finalement le silence, de plus en plus tendu :

— Avec Justin et Léonie.

Son fils leva les yeux au ciel.

— D'accord. Et où sont Justin et Léonie ?

Elle lui asséna une petite tape sur l'épaule.

— Ne lève pas les yeux au ciel devant ta mère ! Ils sont sous le chapiteau, sur le côté.

— Cool !

L'adolescent s'apprêtait à filer quand elle le retint par le bras.

— Eh là ! Aurais-tu oublié les bonnes manières ?

Elle se tourna vers Adam.

— Adam, voici mon fils, Josh, et ma fille, Amy. Et leur père, Guy. Adam est venu tout droit d'Australie pour l'anniversaire de maman.

— Ravi de vous rencontrer, le salua poliment Josh avant de reporter son attention sur sa mère. Je peux y aller, maintenant ?

— Si tu ne peux pas faire autrement !

Amusé, le jeune garçon partit en courant, pendant que sa sœur pressait Adam de questions :

— L'Australie ? Ça veut dire que vous connaissez Hugh Jackman ?

— Non, désolé. Mais un jour, je me suis retrouvé assis à côté de Cate Blanchett dans un restaurant. Est-ce que ça compte ?

— Ouais. Pas mal.

Les sourcils froncés, Guy Sutcliffe lissa de nouveau ses cheveux d'une main nerveuse. Adam remarqua alors qu'il se dégarnissait un peu sur le dessus du crâne.

Une calvitie précoce qui expliquait sans doute le choix de la voiture…

— Vous êtes un peu en avance pour la réception, non ? s'enquit-il.

— Adam tenait à passer quelques jours en tête à tête avec maman, répondit Laurie à sa place.

Elle s'exprimait avec une certaine sécheresse dans la voix, et se tenait devant lui avec raideur. Devait-il en conclure que son histoire avec son ex n'était pas aussi terminée qu'elle l'affirmait ? Ou était-elle seulement contrariée à cause du chiot ?

— Je vois. Et quelle est votre profession, Adam ? demanda Guy.

— Je suis constructeur.

Du coin de l'œil, il vit Laurie lui décocher un regard en biais.

— La construction ? Ce doit être difficile ces temps-ci, avec la récession, répondit distraitement Guy, tout en ajustant ses boutons de manchettes, puis les pans de sa veste.

— La situation est un peu différente en Australie. La crise ne nous a pas vraiment touchés.

— Hum, oui, exact, je me souviens avoir lu quelque chose à ce propos.

Comme le regard froid de Guy déviait sur son ex-femme, Adam comprit qu'il était congédié.

— J'ai rendez-vous avec ta mère. Je ferais mieux de ne pas la faire attendre. Tu me conduis à elle ?

— Tu connais le chemin, rétorqua Laurie, glaciale.

Fronçant les sourcils, son ex-mari parut sur le point d'insister puis se ravisa et partit en direction de la demeure.

Non sans satisfaction, Adam constata que Laurie ne perdait pas une seconde supplémentaire avec son ex. Se tournant directement vers sa fille, elle l'étreignit de nouveau brièvement.

— Une visite-surprise ! Dois-je en déduire que je vous manque ?

— Ta cuisine nous manque. Prue est à peine capable de faire cuire un œuf !

— Charmant. Je ne suis pas seulement utile dans la cuisine, tu sais.

— Je sais, répondit Amy en appuyant brièvement sa tête sur

l'épaule de sa mère, mais je ne voudrais pas que tu prennes la grosse tête !

— Rien que pour ça, je vais t'imposer une corvée ! Tu vas m'aider à démêler cette guirlande qui servira à décorer l'entrée pour l'anniversaire de ta grand-mère.

— Josh était sûr que tu nous réquisitionnerais ! répondit l'adolescente avec un haussement d'épaules fataliste.

— Ton frère est un petit malin !

Un instant, Adam regarda les deux têtes brunes se pencher sur l'enchevêtrement de câble, la mère et la fille tiraillant en vain sur une boucle, puis une autre. Il attendit deux bonnes minutes pour parler :

— Puis-je faire une suggestion ?

Laurie le regarda, étonnée.

— Vous pouvez. A condition qu'elle soit bonne.

— Mes suggestions sont toujours bonnes ! répondit-il en s'emparant de l'extrémité de la guirlande munie d'une prise. Prenez un bout, et remontez par l'intérieur.

— Ah. La logique masculine. Imparable ! répondit Laurie.

— Il nous arrive de temps à autre d'avoir une idée, fit-il, pince-sans-rire.

— Exact. Comme la guerre, la bombe atomique et les talons aiguilles.

— Ou les toilettes, le téléphone et l'ampoule électrique.

Amy, qui suivait leur badinage comme une partie de ping-pong, tournait la tête de droite à gauche.

— Est-ce que vous vous disputez, tous les deux ?

Laurie lui décocha un regard surpris.

— Non, voyons.

Amy se fendit alors d'un petit sourire entendu, presque supérieur.

— C'est bien ce que je pensais. Je vais voir le chiot.

Comme elle s'éloignait avec un geste de la main, Laurie baissa de nouveau les yeux sur la guirlande, qu'elle continuait à manipuler sans succès, dans le seul but d'éviter de regarder Adam.

— Amy est encore jeune. Elle, hum... interprète parfois mal certaines situations qui... hum... vous savez bien...

— Aucun problème. Je savais bien que nous ne nous disputions pas.

Elle émit un petit rire.

— Vous alors, on peut dire que vous êtes accommodant !

Quand elle posa enfin les yeux sur lui, il perçut l'incertitude et la vulnérabilité cachées derrière son sourire.

— Accommodant ? Dans mon pays, tous mes proches seraient pliés de rire s'ils vous entendaient !

— Hmm. Je n'en suis pas si sûre, répondit-elle, avant de regarder par-dessus son épaule, les sourcils froncés.

Pivotant à son tour, il vit Josh et Amy accroupis près du chiot, visiblement ravis.

— Je n'arrive pas à croire que Guy leur ait parlé du chiot. Il savait pourtant que j'étais furieuse. A présent, je ne pourrai plus le rendre.

— C'était précisément le but, vous ne croyez pas ?

— Oh ! oui ! s'exclama-t-elle en secouant la tête avec un soupir. Un conseil, Adam : n'épousez jamais une personne dont le métier est de négocier. C'est courir au-devant de gros ennuis.

— J'en prends note.

Elle lui tendit la guirlande.

— Allez. Essayons au moins de ramener un peu d'ordre quelque part aujourd'hui.

En réalité, Adam aspirait à l'aider de bien des manières — à commencer par remettre une bonne fois pour toutes à sa place son replet, suffisant et rusé d'ex-mari. Il aurait aussi aimé gommer le petit pli d'inquiétude qui lui barrait le front, entre les sourcils.

Mais parce qu'il ne pouvait prendre aucune initiative de ce genre, il se mordit la langue et s'attela à son tour à la tâche. Pour l'heure, il n'avait pas le droit de faire mieux…

— O.K. Et d'une ! s'écria Laurie en sortant du four la première des omelettes qu'elle avait préparées pour le dîner.

Puisque Eugenia était en congé pour la soirée, et malgré l'insistance de Josh à commander des pizzas, elle avait décidé de cuisiner, s'assurant ainsi que ses enfants ingurgiteraient bien leur quota de vitamines et de minéraux pour la journée.

Sa mère, Josh, Amy, Kinsey et Adam étaient alignés le long du comptoir, couverts en main, et derrière la fenêtre, les derniers rayons du soleil teintaient le ciel d'une flamboyante nuance rose abricot.

Josh tendit son assiette en premier, mais elle le réprimanda aussitôt.

— Les invités d'abord, Josh ! Et s'il te plaît, essaie de ne pas te comporter comme si tu avais été élevé par une meute de loups !

— Je suis un invité, moi aussi. Je ne suis là que pour la journée.

— Nous sommes de la famille, répondit Amy, avant de passer ostensiblement le saladier à Adam.

Celui-ci dissimula à grand-peine son sourire.

— Merci, dit-il seulement.

De son côté, Laurie cachait aussi une franche envie de rire. Elle était ravie. Adam avait été parfait avec ses enfants durant toute la journée : il avait discuté sport avec Josh et répondu aux incessantes questions d'Amy au sujet de son pays — à commencer par le sens de rotation de l'eau dans la cuvette des toilettes — pendant qu'ils s'évertuaient à décorer chapiteaux et jardin.

Si elle avait jamais nourri le moindre doute à ce sujet, elle savait désormais qu'Adam Hunter était un homme bien. Œuvrant avec son équipe, il avait taquiné ses enfants, sermonné le chiot et géré avec calme les multiples petites crises qui avaient émaillé l'après-midi.

Il était donc officiellement un bon parti et un jour, une chanceuse Australienne aurait la chance de le voir rentrer à la maison chaque soir.

— Laurie, ton omelette va refroidir.

En entendant sa mère, elle sursauta. Elle s'était encore perdue dans ses pensées.

— Viens t'asseoir. Tu n'as pas cessé de t'agiter depuis ce matin !

Se glissant enfin sur un haut tabouret, elle vit Amy empiler une montagne de salade sur son assiette, Josh glisser sur le côté un morceau de pain à l'ail et Kinsey lui servir un verre de vin.

— Ça va, ça va, vous tous ! Je ne suis pas en sucre. En plus, j'ai l'habitude : c'est mon travail, au cas où vous l'auriez oublié !

— Alors tu as besoin d'un associé et d'employer le double d'ouvriers, déclara Peggy. Comment fais-tu pour ne pas t'effondrer à la fin de la journée ?

— Je suis coriace. Les gênes des Longwood, sans doute.

Sa mère secoua la tête :

— Je suis sérieuse, Laurie. Je n'aime pas te voir si fatiguée.

— Je tiens à t'offrir cette fête, maman. C'est mon cadeau, ne l'oublie pas.

Pas le cadeau de son choix, mais elle n'aborderait pas ce sujet tabou.

Comme Peggy fronçait les sourcils, Adam intervint :

— Alors, Josh, je suppose que tu t'entraînes pour la préparation des matchs de qualification ?

Le jeune homme mit quelques secondes à comprendre qu'il était supposé faire diversion, lui aussi.

— Euh, oui. Oui, beaucoup d'entraînements. Notre coach est drôlement casse-couilles !

— Josh, pourrais-tu garder les insanités pour le dessert ? demanda sèchement Laurie pendant que Kinsey gloussait dans sa serviette.

Elle lui envoya un coup de coude réprobateur dans les côtes.

— Tu es censée être une adulte, Kinsey, tu te rappelles ?

— Oups, j'oublie toujours ! Mais merci de me le rappeler.

— Désolée, m'man ! Il est vraiment casse-*pieds*, corrigea Josh avec un rictus faussement contrit.

— Je suppose qu'il t'a appris la manœuvre de Thomson, pour améliorer ton maniement du ballon, non ? reprit Adam.

L'adolescent fronça les sourcils.

— La manœuvre de Thomson ? Non, j'crois pas. Jamais entendu parler.

— Ah ? Bizarre. Je peux te la montrer maintenant, si tu veux.

— Sûr !

Devant l'enthousiasme du garçon, il saisit son verre d'eau, puis celui d'Amy.

— Je peux ?

— Allez-y.

Il descendit ensuite de son tabouret et se dirigea vers Josh.

— Tends les deux mains, paumes vers le bas. D'ailleurs, tu devrais peut-être te lever, ce sera plus efficace.

Hochant la tête, l'adolescent sauta promptement à terre.

Laurie, elle, semblait très concentrée. Etait-ce une impression ou avait-elle surpris une étincelle d'espièglerie dans le regard d'Adam ? En tout cas, elle devinait l'ombre d'un sourire flotter sur ses lèvres.

En surprenant son regard, Adam haussa les sourcils d'un air innocent. *Qui ? Moi ?* semblait-t-il dire. Elle secoua légèrement la tête, guère abusée par ses piètres mimiques de menteur.

A l'évidence, il manigançait un mauvais coup.

Avec un petit sourire, il reporta son attention sur Josh.

— D'accord, garde les mains bien raides, quoi que je fasse.

D'un geste prompt, il plaça un verre sur le dos de chaque main du garçon.

— O.K. Et que dois-je faire maintenant ? demanda l'adolescent, les traits tendus par l'effort.

— Ce que tu veux, répondit Adam, mais tu dois d'abord déposer les verres.

Alors que son fils prenait conscience de sa fâcheuse posture, Laurie se mordit l'intérieur de la joue pour ne pas éclater de rire.

— J'y crois pas ! s'exclama Josh, à la fois dépité et ravi d'être tombé dans le piège.

Un fou rire secoua toute la famille.

— A mon avis, tu t'es fait avoir en beauté ! s'exclama Kinsey, aux anges, avant de profiter de l'immobilité de l'adolescent pour ébouriffer sa tignasse.

— Pas les cheveux ! s'écria Josh, outré, en essayant d'échapper à ce bizutage en règle.

— J'ai vu des gamins tenir ces deux verres sur leurs mains pendant des heures en essayant de trouver un moyen de les reposer sans demander d'aide, déclara Adam.

Les sourcils froncés, Josh se creusait la cervelle.

— Si je suis assez rapide, je pourrais peut-être les lâcher tous les deux et les rattraper avant qu'ils ne tombent par terre...

Laurie secoua la tête.

— Je ne crois pas, petit scarabée.

Après quelques minutes, Amy prit son frère en pitié et ôta l'un des verres.

— A mon tour, maintenant.

Durant un bon moment, ils renouvelèrent l'expérience jusqu'à admettre qu'il était impossible de reposer les deux verres sans casse. A présent, tous se sentaient un peu idiots d'avoir tant ri.

— Je tombe mal, peut-être ? Vous avez tous l'air de passer un bon moment !

Pivotant sur son tabouret, Laurie découvrit son ex-mari dans l'embrasure de la porte.

— Guy. Nous ne t'avons pas entendu sonner. Un verre de vin ? offrit gracieusement sa mère.

— Non, merci, Peggy. Je dois vraiment me mettre en chemin.

Elle les regarda tour à tour. Sa mère ne lui avait pas parlé de son entretien avec Guy, et elle n'avait posé aucune question. Inutile. Elle savait pertinemment que jamais sa mère ne collaborerait avec Guy en dépit de ses propositions alléchantes. Elle s'étonnait seulement des certitudes de Guy : comment avait-il pu songer que Peggy la trahirait ?

— Il faut vraiment rentrer ? demanda Amy, déçue.

— Je vous l'ai déjà dit, les enfants : j'ai beaucoup de travail demain, et nous avons encore un long trajet devant nous.

Tout en grommelant, les deux adolescents récupérèrent leurs manteaux et leurs téléphones... puis Amy s'agenouilla pour câliner le petit chien.

Avec cet instinct propre aux enfants, ni Josh ni elle n'avaient abordé le sujet du chiot au cours de la journée... mais le regard qu'elle posait sur l'animal en disait long sur ses pensées.

Si Laurie s'en tenait à sa décision et retournait à Guy son cadeau empoisonné, ses enfants la considéreraient sans doute comme la sœur cachée d'Attila !

— On se revoit la semaine prochaine, d'accord ? Et je vous appelle demain soir, dit-elle en les embrassant.

— D'accord, mais pas pendant *Top-Model de demain*, O.K. ?

— Je sais, je sais.

A sa grande surprise, elle vit ensuite Amy déposer un baiser sur la joue d'Adam.

— Si vous récupérez un jour le numéro de Hugh Jackman, prévenez-moi, d'accord ?

— Croix de bois, croix de fer ! répondit celui-ci avec un sourire.

Bien consciente qu'il la taquinait, elle ne put s'empêcher de sourire.

Puis, suivant l'exemple de sa sœur, Josh s'approcha à son tour et lui tendit la main.

— Merci pour le truc. Je vais l'essayer sur mes copains !

— Je t'en prie. Et souviens-toi : plus le verre est plein, plus grand est le péril.

— Et plus importants les dégâts ! s'exclama Kinsey d'une petite voix flûtée.

Secouant impatiemment ses clés, Guy interrompit les au revoir.

— Allez, les enfants, en route !

Une main dans le dos de chacun des enfants, Laurie les poussa en direction de la porte.

— Merci pour votre aide. J'ai beaucoup apprécié votre travail et votre grand-mère aussi.

— Ce n'était rien. Surtout si on garde le chiot, répondit Josh en lui coulant un regard en biais.

Profitant de l'allusion, Amy enchaîna aussitôt :

— Est-ce qu'on peut lui donner un nom, m'man ? On pourrait l'appeler Caramel, comme la couleur de son pelage.

Josh fit la grimace.

— Sois sérieuse, Amy ! C'est un mâle. Il lui faut un nom de dur !

— Quoi ? Un truc ridicule comme Tigre, Loup ou Tueur ?

Laurie leva une main avant que n'éclate la Troisième Guerre mondiale.

— Je n'ai pas encore pris ma décision. Je ne suis pas sûre de le garder.

— Quoi ? ! s'exclamèrent les enfants à l'unisson.

Tous deux la fixèrent avec incrédulité avant qu'Amy ne proteste :

— Mais, maman, il est à nous maintenant. On s'est attachés à lui.

— Oui… tu ne peux pas simplement le ramener et te le faire rembourser.

A cet instant, elle aperçut Guy en arrière-plan. Derrière le volant, il arborait une expression parfaitement neutre.

Le rat !

— Adopter un animal est une décision importante. Et un chiot représente beaucoup de travail.

Comme elle aurait trouvé facile de céder, d'accepter que le chiot devienne un membre de la famille… Mais chaque fois qu'elle le regardait, elle pensait à Guy et au motif de ce présent. Or elle ne tenait pas à ce que son ex-mari reste présent dans sa vie, encore moins qu'il la mette au pied du mur.

— Maman…

— Nous en discuterons demain, d'accord ? répondit-elle. Je vous le promets.

Certes, elle retardait l'inévitable, mais elle avait besoin d'un bref sursis.

— Si tu espères que nous oublierons, tu te trompes, déclara Amy.

Le moteur démarra, et Guy abaissa sa vitre avec impatience :

— Dépêchez-vous, les enfants !

Comme s'il n'était pas responsable du harcèlement dont elle était la victime ! Après tout, c'était sa faute si les enfants retardaient son départ…

Josh se faufila à l'arrière du véhicule, mais Amy ne bougea pas.

— Amy, nous parlerons demain, je te le promets, répéta Laurie plus fermement.

— Ce n'est pas à propos de Caramel, répondit sa fille avant de baisser la voix, telle une conspiratrice. Je voulais juste te dire : vas-y, fonce !

— Je te demande pardon ?

— Avec Adam. Il est très sexy et il t'aime bien… alors je pense que tu devrais foncer.

Elle émit un petit rire nerveux, affreusement consciente que sa fille la dévisageait.

— Amy, je crois que tu ne devrais pas…

Coupant court à sa protestation, sa fille lui tapota gentiment le bras.

— Inutile de le nier, maman. A la semaine prochaine.

L'instant d'après, Amy rejoignait son frère sur la banquette arrière, pendant que Laurie levait une main en signe d'au-revoir. Guy, lui, passait déjà la première et démarrait en trombe dans un crissement de pneus.

Elle hésita alors à retourner à l'intérieur. La tension, entre Adam et elle, était-elle si évidente ? Et devait-elle en être embarrassée, rassurée ou plus simplement, effrayée ?

Quand elle pénétra dans la cuisine, Kinsey aidait sa mère à négocier l'épineuse transition du tabouret à son déambulateur.

— Je vais me coucher. Demain, c'est enfin le grand jour pour moi ! déclara Peggy en frappant son plâtre du plat de la main. Non que tu n'aies pas été un fidèle compagnon, mon cher, mais je ne te regretterai pas !

— J'avais oublié. As-tu besoin que je te conduise à l'hôpital ? demanda Laurie, déjà en train de réorganiser mentalement son emploi du temps.

— Hé, cesse de me donner l'impression que je suis totalement transparente ! s'exclama Kinsey avec un sourire.

Laurie la gratifia d'une œillade reconnaissante. Toute la famille avait eu beaucoup de chance que Kinsey soit disponible pour encadrer la convalescence de Peggy. Aucun autre kiné n'aurait été aussi patient et consciencieux ni n'aurait accepté de séjourner sur place durant des semaines — même si Peggy sous-entendait parfois que Kinsey n'était pas seulement restée à cause de sa blessure... Laurie suspectait en effet sa mère de jouer les Cupidon, espérant pousser Kinsey dans les bras de son frère. Oh ! elle ne trouvait pas l'idée mauvaise... mais David se montrait si inaccessible ces derniers temps qu'elle peinait à les imaginer ensemble. Malgré tout, n'avait-elle pas vu des choses plus étranges se produire ?

Sa mère interrompit le cours de ses pensées.

— J'espère que tu te coucheras tôt aussi, Laurie. Et s'il te plaît, ne me dis pas que tu as encore du travail ce soir.

— Juste un peu de paperasse, mais ne t'inquiète pas, je respecterai le couvre-feu.

Sa mère pinça les lèvres, sans rien ajouter, et Laurie lui souhaita bonne nuit d'un baiser, un peu déstabilisée par la haute silhouette d'Adam, toujours sur le côté.

Une fois seule avec lui, elle commença à débarrasser le comptoir.

— Vous avez un tic, vous savez, dit-il en ouvrant le robinet de l'évier.

— Pardon ? Un tic ?

— Un signe qui vous trahit. Quand vous mentez. La plupart des gens en ont un.

— Oh.

Elle lui coula un regard sous ses paupières mi-closes.

— Et lequel ?

— Vous écarquillez les yeux, comme ça, répondit-il en lui faisant la démonstration.

— Ah. Je ne m'en étais jamais aperçue.

— Je m'en doutais. Mais votre mère, elle, ne semble pas dupe.

— Vous avez sûrement raison.

Comme il lui passait une pile d'assiettes, elle les rinça une à une avant de les placer dans le lave-vaisselle.

— Merci pour votre aide aujourd'hui, dit-elle enfin. Vous m'avez été très utile.

— Je n'aime pas rester les bras ballants.

— Eh bien, vous êtes venu au bon endroit au bon moment.

— C'est ce que je pense aussi.

Surprise par ces mots sibyllins, elle releva les yeux et découvrit qu'il l'observait attentivement. Elle se fendit d'un sourire hésitant.

— Croyez-vous au destin ? demanda-t-il.

— Non.

— Moi non plus. Mais je n'ai pas d'autre explication pour ce qui se passe ici depuis quelques jours.

— Je ne suis pas certaine de vous suivre.

— Vraiment ?

Il se rapprocha dangereusement et instinctivement, elle recula d'un pas, jusqu'à cogner le rebord du comptoir avec ses reins. Parce qu'elle tenait encore une des assiettes, Adam s'en saisit et la posa sur la table derrière elle, avant de murmurer :

— Je n'arrête pas de penser à vous, Laurie Sutcliffe.

Puis il pencha la tête et l'embrassa.

7

Elle trouva ses lèvres fermes et chaudes contre les siennes alors qu'il effleurait sa mâchoire, puis le carré de peau si sensible derrière son oreille. Le cœur battant la chamade, elle sentit son sang bouillonner dans ses veines alors qu'il se rapprochait.

Tu ne devrais pas, lui dit une petite voix dans sa tête. *Tu ne devrais vraiment pas.*

Comme Adam pressait doucement sa langue pour écarter ses lèvres, elle crut basculer, déchirée entre son corps brûlant et son esprit. Du pouce, il caressa une de ses pommettes, en un geste d'une tendresse bouleversante. Elle sut alors que ses résistances ne tiendraient pas longtemps. Et elle entrouvrit les lèvres, tandis qu'il souriait fugitivement, satisfait de sa victoire au moment où leurs langues s'entremêlaient.

Submergée par une vague de désir, elle goûta sa bouche. Lui entremêla ses doigts dans ses cheveux avant de renverser sa tête en arrière pour approfondir leur baiser. Enivrée par la pression de ses hanches contre les siennes, elle s'arrima plus fort à ses larges épaules.

Il avait un arôme à la fois exquis et fort, pareil au café et au chocolat noir, et son corps brûlait contre le sien, dur et puissant. Depuis combien d'années n'avait-elle pas été embrasée par un homme ? Jamais elle ne s'était sentie plus audacieuse et assoiffée.

Elle voulait…

Elle voulait *trop* — le contact d'une autre peau, l'intimité de la passion. Elle voulait la certitude qu'il serait toujours là pour elle, quoi qu'il advienne. Elle ne souhaitait plus affronter seule les combats de la vie mais un homme pour partager ses rires, ses larmes et ses rêves.

Mais il n'est pas question de ça ! Il s'agit de sexe. Et c'est tout.

Certes, cela ne semblait pas être seulement du sexe... mais elle savait qu'elle avait raison. Aussi trouva-t-elle la force de s'arracher à son baiser, de détourner la tête, les deux mains repoussant ses puissantes épaules.

Elle sentit un instant son souffle sur son visage, les soubresauts de sa poitrine... Il était aussi excité qu'elle et se demandait sans doute à quel jeu elle jouait pour tour à tour l'embrasser et le repousser.

— Je suis désolée, dit-elle après un long moment chargé de tension.

— Vous n'avez pas à vous excuser.

— Je... je ne cherchais pas à vous provoquer. Mais je ne peux pas.

Il recula d'un pas, et elle risqua un bref coup d'œil dans sa direction. Dans son regard intense, elle ne perçut ni colère ni frustration, seulement une douce chaleur.

— C'est ma faute. Je n'aurais pas dû prendre cette initiative.

— Non. J'en avais envie aussi, mais... Adam, vous vivez en *Australie* !

Il acquiesça d'un hochement de tête. Tous deux étaient parfaitement conscients de leur incompatibilité géographique.

— Je n'ai fréquenté aucun homme depuis le départ de Guy, pas même lors d'un rendez-vous raté, déclara-t-elle. Je n'en éprouvais pas le besoin. Puis vous débarquez dans ma vie et tout à coup, j'ai l'impression d'avoir de nouveau seize ans !

— Ne m'en parlez pas ! répondit-il avec un air triste.

— En plus, je n'aime pas l'idée d'une relation sexuelle passagère. Je n'en ai jamais eu et ça ne m'intéresse pas.

— Il ne s'agit pas de sexe, nuança-t-il.

Elle baissa délibérément les yeux, fixant la bosse au niveau de son pantalon. Cela ne démentait-il pas ses paroles ?

Il haussa les épaules avec un demi-sourire.

— D'accord, il s'agit de sexe, mais pas seulement. Vous me plaisez, Laurie. Vous m'avez plu à la seconde où je vous ai vue.

Même si vous n'aviez aucune idée de l'endroit où placer votre chapiteau.

Elle sourit malgré elle au souvenir de leur première rencontre. Avait-elle vraiment croisé sa route deux jours plus tôt ? Elle avait l'impression de résister à l'attraction qu'il exerçait sur elle depuis des semaines, voire des mois.

— Vous me plaisez aussi, Adam. Mais ça ne change rien. Et une nuit avec vous ne fera qu'empirer la situation.

Passant une main dans ses cheveux, il concéda :

— Ça oui !

Bien qu'il soit d'accord avec elle, elle devina sa frustration. Mais ne l'était-elle pas tout autant ? Pourtant, elle avait conscience que coucher avec lui ne les aiderait en rien.

Aussi se dégagea-t-elle doucement, coincée entre lui et le comptoir, afin de mettre un peu de distance entre eux

— Je vais me coucher.

— Très bien.

Elle rejoignit le seuil avant de se tourner de nouveau dans sa direction.

— En tout cas, j'ai passé une excellente journée. Et même si l'issue n'a pas été très concluante, je suis heureuse d'avoir au moins essayé. Je m'en serais voulu de ne pas savoir.

— Bonne nuit, Laurie, lâcha-t-il à voix très basse.

— Bonne nuit, Adam.

Elle se hâta vers sa chambre, de crainte de changer d'avis et de commettre une erreur qu'ils regretteraient tous deux.

Adam fixait le plafond, les bras croisés derrière la tête. Jamais encore il n'avait regretté d'être né en Australie… avant aujourd'hui. Si seulement il était américain…

Hélas, il ne l'était pas.

Tu ne peux pas l'avoir. Tu le sais, elle le sait. Ce n'est pas la peine de s'appesantir sur le sujet.

Alors pourquoi rejouait-il en boucle les précieuses minutes où il l'avait tenue entre ses bras ? Il se remémorait sans cesse son goût suave, la texture de sa peau, le contour de son visage, la pression de ses seins sur son torse...

Elle était extraordinaire — la femme la plus désirable qu'il ait jamais rencontrée. Mais il n'avait pas menti : pour lui, il n'était pas seulement question de désir. Durant toute la journée, il avait ri, parlé avec elle, partagé des anecdotes à propos de son association, de son oncle, de ses enfants et de son travail... Il l'avait observée avec Josh et Amy et discerné la discrète lueur de fierté dans ses yeux. Elle les aimait profondément, trouvant toujours un prétexte pour les toucher, repousser une mèche de cheveux derrière l'oreille de son fils ou tirer l'ourlet du T-shirt de sa fille, avant de lui promettre une séance de shopping...

N'importe quel homme l'aurait voulue pour maîtresse. Mais pour lui, c'était autre chose. Il avait l'impression de la chercher depuis toujours.

C'était insensé, mais réel. Plus réel, en tout cas, que tout le reste dans sa vie.

Il était bien avancé !

Il vivait en Australie, elle aux Etats-Unis. Et ils avaient beau avoir échangé un baiser... l'équation restait simple.

Jamais ils n'auraient dû se croiser. C'était la bonne personne, au mauvais endroit, au mauvais moment.

Il avait déjà connu quelques occasions manquées, mais Laurie Sutcliffe était la pire de toutes. Et dans quelques jours, il repartirait à Melbourne pour renouer avec son quotidien, et Laurie deviendrait la femme qui lui avait échappé, celle qui « aurait pu » faire partie de sa vie.

Il jura entre ses dents. Il n'avait pas d'autre solution — c'était le seul choix sensé et rationnel. Mais quel gâchis ! Quelle injustice !

Roulant sur le ventre, il enfouit son visage dans l'oreiller et s'efforça de trouver le sommeil et la paix.

A son réveil, le lendemain, un crachin régulier crépitait contre la fenêtre. Emergeant de sous la couette, il scruta le ciel, notamment les épais nuages noirs qui s'accumulaient à l'ouest. Située sur la côte, la ville de Cape May connaissait son lot de tempêtes estivales chaque année, même s'il espérait aujourd'hui y échapper. Car si les deux chapiteaux étaient correctement fixés au sol, aucune corde au monde ne pourrait résister au déchaînement du vent.

Sur son ordinateur, il consulta le bulletin météo et se rembrunit en examinant les clichés satellites. Il n'était pas un spécialiste de la région, mais cela n'augurait rien de bon…

Après une rapide douche, il enfila un jean et un polo et se mit en quête de Laurie. Pas pour lui parler de la veille, mais pour s'assurer qu'elle était au courant de la situation.

Du moins chercha-t-il à s'en convaincre…

Elle se trouvait dans le petit salon du rez-de-chaussée, assise sur le divan, son ordinateur sur les genoux, à pianoter sur le clavier. A son entrée, elle releva la tête et sourit timidement malgré un regard chaleureux.

— Oh. Bonjour, Adam.

— Bonjour.

Dans son jean et son pull couleur framboise, il la trouva ravissante et, l'espace d'un instant, il ne pensa plus qu'aux sensations éprouvées dans ses bras, à dévorer sa bouche…

A croire qu'il aimait bien souffrir. Un peu embarrassé, il fourra les mains dans ses poches.

— Avez-vous vu le bulletin météo ?

— Oui. J'espérais que nous serions épargnés par les tempêtes car elles peuvent être violentes à cette époque de l'année. Surtout quand elles arrivent de l'intérieur.

Elle semblait préoccupée aussi vola-t-il à son secours :

— Nous pouvons toujours jeter un coup d'œil aux chapiteaux si vous voulez. Histoire de nous assurer qu'ils sont suffisamment étanches.

— Excellente idée ! J'ai besoin de vérifier que tout est en ordre pour me concentrer sur ce fichu agenda.

Refermant le clapet de son portable, elle le déposa sur le canapé et se redressa.

— Vous n'aimez pas la paperasse, n'est-ce pas ?

— Vraiment pas.

— Au fait, comment vous êtes-vous lancée dans le secteur de l'événementiel ?

Elle balaya la question d'un revers de la main.

— Ce n'est pas très intéressant.

— Pour moi, si.

Il ne l'interrogeait pas par politesse. Il avait vraiment envie d'en apprendre davantage sur elle durant le bref délai dont ils disposaient.

En somme… il était vraiment irrécupérable !

— Soit, mais je vous aurai prévenu. Si vous tombez dans le coma, je déclinerai toute responsabilité !

Elle lui conta son histoire pendant qu'ils gagnaient la porte latérale, armés d'un parapluie. Amoureuse des bons petits plats faits maison, elle avait d'abord aidé des amies à préparer leurs réceptions avant de monter une société de traiteur.

— Le plus drôle, c'est que je n'avais jamais pensé à reprendre un emploi à plein temps ! Mais j'ai tout de suite adoré ça, dit-elle en quittant la demeure à son côté.

— Que faisiez-vous avant d'avoir des enfants ?

— Oh ! un peu de ci, de ça. J'ai suivi un cursus artistique à l'université, pas très pratique pour trouver du travail. Alors après mon diplôme, j'ai tenté ma chance dans le marketing, puis dans le secteur administratif. Enfin, je suis tombée enceinte et Guy a souhaité que je reste à la maison avec les enfants. J'ai longtemps été mère au foyer avant de créer ma petite société.

Elle se tut, à son tour piquée par la curiosité.

— Et vous ? Comment avez-vous atterri dans la construction ?

— Votre oncle m'a proposé une formation en apprentissage, et j'ai préféré apprendre à construire une maison plutôt que de me retrouver au centre de détention pour mineurs.

Sur le point d'ouvrir le parapluie, elle lui décocha une œillade lourde de sens.

— Ah. Je savais bien qu'un mauvais garçon se cachait sous ce charme nonchalant.

— Vous me trouvez charmant ? Si vous continuez à me faire des compliments, je pourrais mal le prendre, dit-il en lui prenant le parapluie des mains.

— C'est-à-dire ?

— Je pourrais croire que vous m'encouragez.

— Oh.

Pour la première fois, l'un d'eux faisait allusion aux événements de la veille. Il vit ses pommettes s'enflammer tandis qu'elle baissait les yeux, fixant soudain l'extrémité de ses chaussures avec une attention aiguë.

Seigneur, comme elle l'émouvait ! Il ne se retint qu'à grand-peine de l'embrasser.

Même s'il s'était juré que ça n'arriverait plus.

Dans une envolée de soie rouge, il ouvrit le parapluie au-dessus de leurs têtes.

— Prête ?

— Prête.

Tous deux s'élancèrent sous la pluie battante, en accordant aisément leurs pas. Profitant de sa proximité, il huma les effluves de son parfum, sans même tenter de s'éloigner quand son épaule chevauchait la sienne. S'il ne pouvait ni l'embrasser ni la courtiser en dépit de son envie farouche, au moins était-il décidé à profiter de chaque instant.

Ils traversèrent la pelouse sans un mot. Sans doute aurait-il dû être mal à l'aise, mais pas avec elle. A son côté, il trouvait le silence... naturel. Comme s'ils étaient tous les deux à leur place.

Devant le chapiteau, il souleva le rabat en toile pour qu'elle entre, puis il la suivit à l'intérieur, secouant le parapluie trempé sur le seuil.

— Tout a l'air en ordre, dit-elle en jetant un regard circulaire.

— En effet.

Après une rapide vérification, ils repartirent en direction du second chapiteau.

— Eh bien, à moins que le temps ne vire à la tempête, nous n'avons rien à craindre, déclara-t-elle avec soulagement.

Une minute plus tard, ils repartaient sous la pluie. Et c'est à mi-chemin que Laurie dérapa sur l'herbe humide. D'instinct, elle lui agrippa l'avant-bras pour ne pas tomber et ils se raccrochèrent l'un à l'autre en un troublant corps-à-corps. Quand elle relâcha son étreinte, elle affichait un sourire maladroit.

— Désolée. C'était stupide. J'aurais pu vous entraîner dans ma chute.

— Il y a plus désagréable.

Se figeant, elle croisa son regard.

— Adam…

Elle s'interrompit, frustrée et déstabilisée. Il se racla alors la gorge.

— Ne vous inquiétez pas, j'ai compris. Et je m'en excuse. Je n'y ferai plus allusion.

N'était-il pas détestable d'insister de la sorte alors qu'ils avaient tous deux choisi la voie de la raison ?

— Non ! Ce n'est pas ce que j'allais dire, dit-elle abruptement, ses yeux bleu ardoise empreints de regret. Si vous saviez… j'ai à peine fermé l'œil la nuit dernière. Je n'arrêtais pas de penser à vous, à ce baiser…

Il ne dit rien. A quoi bon ?

— J'aimerais… qu'il en soit autrement, reprit-elle lentement. J'aurais adoré apprendre à mieux vous connaître.

Du pouce, il suivit le délicat contour de sa mâchoire, aussi doux que la soie.

— Moi aussi.

Elle inspira profondément et ferma les yeux un instant.

— Bien. Repartons avant que je ne me ridiculise davantage.

Il hésita… et reprit finalement la marche. Un peu en arrière, elle lui emboîta le pas.

Quelques secondes filèrent en silence. Alors, sans quitter la demeure des yeux, il murmura :

— Je crois que je vais faire un tour en ville aujourd'hui, pour visiter les environs.

— Le tribunal vaut le coup d'œil, comme le musée d'art contemporain.

— Merci. Je m'en souviendrai.

Il n'avait guère envie de prononcer ces mots, encore moins de flâner sur des sites touristiques durant toute la journée. Malheureusement, il n'avait pas le choix.

Une fois à l'intérieur, Laurie récupéra le parapluie.

— Amusez-vous bien.

— Oui. A ce soir.

Et ils partirent chacun de leur côté.

8

Alors qu'elle travaillait, Laurie se sentit rapidement mal à l'aise, comme en porte-à-faux. A deux reprises, elle rabroua son personnel, avant de s'excuser en justifiant sa mauvaise humeur par une nuit d'insomnie.

Elle ne pouvait toutefois imputer au manque de sommeil son irritabilité, même si la fatigue jouait un rôle. Elle avait perdu un temps fou à fixer le plafond, obnubilée par l'homme qui dormait de l'autre côté du couloir.

Elle était frustrée. Pas sexuellement. Enfin, pas seulement. Elle avait l'impression qu'un génie cruel avait agité sous son nez un merveilleux cadeau… avant de le lui reprendre aussitôt.

Jamais elle n'avait été aussi attirée par un homme. Elle se sentait aimantée par Adam, mais aussi troublée, excitée, et consciente de la moindre réaction de son corps en sa présence. Sans cesse, elle se demandait ce qu'il pensait d'elle, de ses paroles, de ses réactions… Ainsi, elle souhaitait désespérément qu'il apprécie ses enfants — et réciproquement. Enfin, plus que tout, elle voulait qu'il l'aime, elle… Or, n'était-ce pas précisément ce qu'il lui avait dit, la nuit dernière, avant de lui donner le plus émouvant des baisers ?

Hélas, il vivait en Australie.

Cela ressemblait à une mauvaise blague. Sauf qu'elle n'avait pas envie de rire — plutôt de passer ses nerfs sur quelque chose.

Oh… elle finirait bien par se calmer. Elle n'avait pas d'autre option. Après la réception, Adam repartirait et elle retournerait chez elle, se partageant entre son entreprise et ses enfants. La vie continuerait.

Et elle ne le reverrait probablement jamais.

Prise de vertige, elle s'imagina ne plus jamais parler à Adam Hunter de sa vie. Ne plus voir son sourire ou entendre sa voix grave. Ne *plus jamais* plonger dans son regard.

Elle mit plusieurs secondes à admettre que cette idée la paniquait.

Ne sois pas stupide. Tu le connais à peine. Tu as quarante ans, pas quatorze. Secoue-toi !

Mais elle eut la sensation de porter un poids mort sur la poitrine durant toute la matinée. En plus, le temps ne cessait d'empirer : le vent forcissait et la pluie s'acharnait sur les vitres. Plus d'une fois, elle examina avec soin les chapiteaux, qui résistaient bravement à la tempête. Elle aurait aimé en dire autant de son pauvre cœur meurtri !

Après le déjeuner, elle s'entretint avec sa mère au sujet des détails de dernière minute. En ce vendredi, elle la trouva dans sa chambre, en train de subir sa dialyse dans le fauteuil inclinable acquis pour son traitement à domicile. Deux cathéters sortaient de son bras droit, remplis de sang oxygéné. En arrière, une poche de liquide clair pendait d'une potence à perfusion tandis que l'appareil d'hémodialyse se trouvait à sa gauche — un petit miracle de technologie qui avait la taille et la forme d'une imprimante de bureau.

Occupée à lire, sa mère leva les yeux par-dessus la monture de ses lunettes au moment où elle toquait à la porte entrebâillée.

— Je peux entrer ?

— Evidemment. Je préfère nettement ta compagnie à un livre, ma chérie.

Sur l'invite de sa mère, elle se glissa dans un fauteuil en face d'elle.

— Je souhaitais te parler du menu...

En moins de dix minutes, Peggy valida toutes ses propositions, si bien qu'elle finit par darder sur elle un regard impatient.

— Tu n'es pas obligée d'être toujours d'accord avec moi, maman. Tu peux avoir ta propre opinion.

— Je sais... mais tu as déjà pris en compte mes goûts, ma chérie. Et puis, c'est toi l'experte. Moi, je souhaite seulement offrir à ma famille et mes amis une journée inoubliable. Tu as l'air de contrôler parfaitement la situation, je n'ai donc pas de raison de me plaindre.

— Tu es trop conciliante, je risque de prendre de mauvaises habitudes ! Car mes véritables clients sont beaucoup plus exigeants, vois-tu ! répondit-elle avec un sourire.

En entendant le rire grave et profond de sa mère, elle se sentit envahie par une vague d'amour. Peggy avait toujours préféré le rire aux larmes et en dépit des épreuves qu'elle traversait, elle consacrait toujours du temps aux autres. Ne s'était-elle pas évertuée à protéger et aimer ses deux enfants malgré les difficultés ? Plus têtue qu'une mule, capable de colères spectaculaires, elle n'était pas une sainte... mais une femme irremplaçable, unique et précieuse.

— Je t'aime, maman, dit-elle, en serrant la main libre de sa mère.

— Oh ! Je t'aime aussi, petit ours.

Reconnaissant le surnom de son enfance, elle lutta contre le picotement de ses paupières, et bien qu'elle se soit promis d'éviter le sujet, elle laissa échapper un gémissement :

— Je t'en prie, maman, reconsidère la question. Je tiens à le faire pour toi. Je suis en parfaite santé, et j'aimerais que tu le sois aussi...

Elle vit aussitôt le sourire de sa mère s'évanouir.

— Tu connais déjà ma position, Laurie. J'ai pris ma décision. Respecte-la.

— As-tu lu de récentes statistiques ? Elles sont éloquentes ! Je n'ai quasiment aucune chance d'avoir un jour besoin de mon autre rein...

— Laurie, je t'en prie, arrête. Je ne veux plus me disputer avec toi à ce sujet.

Déglutissant avec peine, elle ne protesta pas. Elle mobilisait déjà toute son énergie à essayer de ne pas pleurer. Sa mère reprit d'une voix adoucie :

— Laurie, écoute. Je te suis très reconnaissante mais je refuse d'accepter un tel sacrifice de ta part. Tu as tes enfants, ta vie est devant toi.

Comme Peggy lui étreignait la main, elle acquiesça avant de se redresser.

— Je suis désolée. J'avais promis de ne plus aborder le sujet…

Malgré son sourire bienveillant, sa mère ne fléchit pas.

— Je ne changerai pas d'avis, Laurie. Tu dois l'admettre une bonne fois pour toutes.

Sur ces mots, elle préféra regagner la porte et ne s'arrêta qu'au bout du couloir, une fois loin de la chambre. Surmontant son envie de sangloter, elle se contenta de verser une unique larme qui roula sur sa joue.

Elle inspira ensuite plusieurs fois, soufflant lentement pour se calmer.

Elle ne devait pas se rendre malade. C'était inutile. Tout comme crier, négocier ou menacer. Elle le savait… pour avoir déjà tout tenté dans sa croisade en vue de sauver sa mère. Pourquoi refusait-elle si obstinément qu'elle lui donne un rein ?

Grâce à cette transplantation, elle rendrait vie à sa mère et lui garantirait une existence rallongée de plusieurs années. Or, même si elle était compatible, Peggy rejetait l'éventualité de ce don. Toutes deux se livraient bataille depuis plus d'un an à ce sujet… et leur dernière conversation s'était même envenimée. Peggy l'avait suppliée de respecter sa décision, avant de clore définitivement le débat. Au cours des trois derniers mois, Laurie s'était donc souvent mordu la langue pour respecter ce souhait.

Elle chérissait tellement sa mère ! Et en toute logique, elle refusait de baisser les bras, prête à lutter pour elle jusqu'à la dernière seconde.

Tout en descendant l'escalier, elle essuya sa joue d'un revers de la main. Au son de la pluie qui cinglait les vitres, elle regagna le salon, puis la porte latérale, en se mordillant les lèvres. Elle s'avança sous la marquise de verre et scruta le paysage. Une fois dehors, elle faillit être emportée par les bourrasques, si violentes qu'elles pliaient quasiment les arbres jusqu'à la cime.

Une petite forme fila alors entre ses jambes, droit sous la pluie.

— Reviens ici ! cria-t-elle.

Elle fonça à son tour sous les trombes d'eau, agrippant le chiot avant qu'il ne disparaisse sous un buisson.

— Tu es une calamité ambulante, un petit fléau sur pattes, tu le sais ? Toujours à te cogner partout, à faire trébucher tout le monde ! Tu penses que je n'ai pas mieux à faire que te courir après ?

Apeurée par sa voix dure et cassante, la pauvre bête tressaillit dans ses bras. Elle avait pourtant conscience de gronder le chiot plus qu'il ne le méritait... mais elle avait besoin d'évacuer tout le stress et l'émotion accumulés au fil des jours. Le petit animal ne servait que d'exutoire. Mais aussi... pourquoi s'était-il jeté avec tant d'imprudence sous les éléments déchaînés ?

Elle le déposa à terre sans ménagement.

— Pas bouger !

Comme elle pointait vers lui un index rageur, il leva sur elle un regard plein d'incompréhension.

— Méchant chien ! Méchant chien !

Le chiot ploya la nuque, évitant son regard. Puis, la queue entre les pattes, il rampa hors de sa portée.

Elle éprouva aussitôt un pincement de culpabilité... qu'elle chassa d'un haussement d'épaules, exaspérée. Si Guy ne lui avait pas fourré cette bête entre les pattes, elle ne se serait pas retrouvée dans cette fâcheuse posture ! Elle était déjà débordée. Seule, elle n'aurait jamais pris la responsabilité supplémentaire que représentait un animal domestique.

Un éclair zébra le ciel, suivi par un terrible roulement de tonnerre. Elle était sur le point de refermer la porte quand elle aperçut une silhouette s'élancer au travers de la pelouse, en direction des chapiteaux.

Adam. Que diable... ?

Sous ses yeux, il s'accroupit à côté d'une corde. Elle vit alors un morceau de métal étinceler dans sa main, et la corde se détendre.

Il l'avait tranchée.

Elle se figea... avant de claquer la porte et s'élancer sous le déluge.

Au bout de dix mètres à peine, elle était déjà trempée jusqu'aux os. Et au moment d'atteindre les chapiteaux, elle avait l'air d'être tombée dans une piscine.

— Qu'est-ce que vous faites ?

A son approche, il s'agenouilla devant une deuxième corde et releva la tête, les paupières plissées sous les assauts de la pluie.

— La tempête fait rage. Vous allez perdre ces chapiteaux si je ne les abats pas. Retournez à l'intérieur !

Ponctuant ses paroles, un éclair déchira le ciel et elle sentit la fureur du vent lui cingler le visage. Devant elle, les cordes paraissaient tendues à l'extrême.

Adam avait raison. A ce rythme, la toile risquait de s'envoler.

— Ces piquets sont vissés au sol, dit-elle enfin. J'ai vu les ouvriers les installer.

S'accroupissant dans la terre détrempée, elle empoigna la tête du piquet. Durant le montage, elle avait trouvé le système ingénieux et, en dépit de ses doigts gourds et gelés, elle parvint à dévisser le piquet, qui sauta sans peine de son trou. A cet instant, la corde fut arrachée par le vent.

— Super ! Je m'occupe du reste ! hurla Adam, en l'incitant à se redresser.

Elle le repoussa.

— C'est ma responsabilité, pas la vôtre ! Retournez vous mettre à l'abri !

— Y a-t-il un moyen pour que vous changiez d'avis ?

— Qu'en pensez-vous ?

Face à sa détermination, il examina le ciel, puis le chapiteau.

— Très bien. Plus vite nous en aurons fini, plus vite nous nous mettrons à l'abri.

— Excellente idée !

Il lui sourit et, bien que transie de froid, trempée et inquiète, elle lui répondit.

— Occupez-vous de ce côté, dit-il en la poussant vers la corde suivante. Je me charge de l'autre.

Ils s'escrimèrent à détacher les cordes durant une vingtaine de minutes. Privée de ses fixations, la structure s'écroula bientôt et le chapiteau s'effondra sur les tables et les chaises qu'ils avaient installées la veille.

— Ce n'est peut-être pas la solution idéale, mais au moins, il ne risque plus de s'envoler, déclara Adam.

Cinq minutes plus tard, ils s'attaquaient aux cordes du second chapiteau, moins vaste, prévu pour le buffet.

Alors que ses doigts dérapaient pour la seconde fois sur un piquet récalcitrant, elle pesta entre ses dents. A cause du froid, ses doigts viraient au bleu et elle ne cessait de frissonner.

Secouant sa main, elle tenta de rétablir sa circulation sanguine, puis jura de nouveau en voyant une petite boule de poils trempée jaillir de nulle part et se jeter sur elle.

— Qui t'a laissé sortir ?

Tremblant, le chiot se recroquevilla contre elle, en essayant de lui lécher le visage.

Elle le repoussa fermement.

— Arrête ! Je n'ai pas le temps, là !

Le chiot battit en retraite pendant qu'elle s'emparait de nouveau du piquet pour le dévisser. Comme la tête en plastique cédait enfin, elle vit la toile chuter au milieu de la pelouse.

Adam lui tendit ensuite la main pour l'aider à se relever.

— Venez. Nous avons fait tout notre possible ! cria-t-il par-delà les mugissements de la tempête.

Il l'entraîna en direction de la demeure mais elle freina brusquement.

— Attendez, le chiot !

Au moment où elle pivotait vers l'animal, elle vit un violent éclair illuminer les cieux, suivi d'un gémissement effrayé. Une seconde plus tard, le pauvre animal détalait vers la plage.

— Non ! Reviens ici !

S'élançant à sa suite, elle fut bloquée après seulement deux foulées. Adam venait de saisir son coude.

— J'y vais.

— Non ! Je ne l'abandonnerai pas.

Cette fois encore, il ne tenta pas de la stopper lorsqu'elle partit en courant. Et en s'engageant dans la pente qui desservait la plage, elle l'aperçut à sa hauteur.

— Vous n'êtes pas obligé de me suivre ! s'exclama-t-elle, haletante.

Faute de réponse, elle comprit qu'il ne partirait pas. De toute manière, elle n'en avait jamais douté. Pas une seule fois il ne l'avait abandonnée. Et au fond de son cœur, elle savait qu'il ne reculerait pas maintenant.

Arrivés sur la côte, ils s'arrêtèrent brusquement, surpris par l'océan déchaîné. A marée haute, les vagues d'un gris sombre déferlaient sur la grève, coiffées d'énormes giclées d'écume. Arbres et arbustes ployaient le long du rivage, fouettés par le vent. Une main en visière, elle chercha le chiot sans déceler le moindre signe de vie.

— Je ne le vois pas. Mais je suis certaine qu'il est parti par là.

— Regardez !

Pointant l'horizon du doigt, il désigna une petite forme sombre qui cavalait sur le sable vers la forêt domaniale attenante à la propriété de Peggy.

— Hé ! Reviens par ici ! s'écria Laurie, en se lançant sur les traces de la petite bête.

Elle connaissait bien cette forêt qui couvrait près de huit hectares. S'il s'y enfonçait, jamais ils ne parviendraient à le retrouver, avec ou sans tempête.

Prise de panique, elle allongea ses foulées, le regard rivé au chiot.

— Reviens, petit, reviens !

Hélas, les rugissements de la tempête dispersaient sa voix aux quatre vents.

Avec un sanglot d'impuissance, elle le vit disparaître derrière la première rangée d'arbres.

Pour la seconde fois, Adam la retint par le coude.

— Attendez.

— Je dois aller le chercher. Cette forêt s'étend sur des dizaines de kilomètres. Jamais il n'arrivera à retrouver son chemin. Ce n'est qu'un bébé !

Elle trouva la main d'Adam étonnamment chaude quand il effleura son visage. D'un geste doux, il écarta les mèches collées en travers de ses yeux.

— Cela va vite devenir dangereux. Avec ce vent, de nombreux arbres risquent d'être déracinés.

— Je ne peux pas abandonner cette pauvre bête.

— Je sais. Alors je vous en supplie, restez près de moi, d'accord ?

En proie à de violents frissons, elle acquiesça faiblement. Il l'attira alors à lui.

— Allons-y.

Soudés l'un à l'autre, ils gagnèrent ensemble la lisière des bois.

9

Tremblant des pieds à la tête, Laurie pressa son frêle corps contre le flanc d'Adam. Il resserra alors son étreinte, un bras autour de ses épaules.

Sous l'épaisse frondaison des arbres et le ciel charbonneux, à peine parvenaient-ils à discerner le sentier de randonnée où ils marchaient. Des débris jonchaient le sol — morceaux d'écorce arrachée, feuilles, brindilles...

Un craquement retentit, et il pressa son épaule, la forçant à ralentir. D'où provenait ce son ? Devaient-ils se préparer à éviter une branche ou un tronc sur le point de s'écraser ? Ou s'agissait-il du chiot ?

Tout en essuyant son visage trempé par la pluie, Adam se mit à regretter amèrement de n'avoir pas réussi à convaincre Laurie de rentrer. Malheureusement, elle ne se dérobait jamais à ses responsabilités, quitte à braver une tempête.

Il lui jeta un coup d'œil soucieux. Les sourcils froncés, elle scrutait l'obscurité et la pluie battante. Sentant qu'il la dévisageait, elle releva finalement la tête vers lui. Et il ne put s'empêcher de déposer un baiser sur son front tant elle semblait inquiète.

— Il va s'en sortir. Il est jeune, mais pas stupide.

— Je lui ai crié dessus.

— Pardon ?

— Je lui ai crié dessus. Il s'est sauvé sous la pluie parce que je l'ai traité de petit fléau sur pattes et de méchant chien, dit-elle, honteuse et coupable.

— Laurie, il ne s'est pas enfui parce que vous l'avez grondé.

— Si ! J'ai passé ma colère sur lui, alors qu'il ne le méritait pas.

— Il a eu peur des éclairs. Ce n'est pas vous qu'il fuyait.

Elle paraissait si accablée qu'il la secoua doucement.

— Si nous gardions les plaintes pour plus tard ?

Reprenant leur marche, ils atteignirent un embranchement au bout de cinq minutes.

Elle leva les mains en signe d'impuissance.

— C'est sans espoir ! Il pourrait être n'importe où. De toute manière, il n'a pas pu suivre le sentier ! Jamais nous ne le retrouverons. Mon Dieu, pauvre petite bête !

Elle éclata en sanglots, et Adam l'attira à lui. L'espace d'un instant, elle lui résista avant de poser le front contre son torse.

Il couvrit alors d'une main sa nuque et appuya le menton au sommet de son crâne, sans cesser de l'enlacer. Elle tremblait toujours et très vite, il prit conscience que sa seule chaleur corporelle ne lui suffirait plus. Quand ce fichu chiot allait-il se manifester ? Il voulait la ramener au chaud et au sec !

Plusieurs éclairs veinèrent le ciel, transformant les alentours en une clairière lugubre. Il se figea soudain, les yeux plissés.

Avait-il bien vu ?

— On dirait une cabane là-bas, dit-il.

Sonnée, Laurie releva la tête mais déjà, il l'entraînait dans son sillage. Il ne s'était pas trompé : une petite cabane se dressait à l'écart avec ses planches peintes d'un discret vert mousse.

— Il s'agit probablement d'un rendez-vous de chasse...

Serrant ses bras autour d'elle, elle resta en retrait pendant qu'il essayait d'ouvrir la porte. Par chance, celle-ci n'était pas verrouillée. Sans doute ne trouveraient-ils aucun objet de valeur à l'intérieur, mais ils cherchaient seulement un abri contre le déluge.

Poussant le battant, il découvrit une minuscule pièce vide, dont le sol semblait très propre.

D'un signe, il invita Laurie à entrer et se faufila derrière elle.

— Nous serons plongés dans le noir une fois la porte close, dit-il.

Elle ne répondit pas, trop occupée à se fustiger à propos du chiot. Il referma alors la porte et mit quelques instants à s'habituer à l'obscurité.

Puis il entendit la voix de Laurie s'élever dans la pénombre, altérée par le chagrin.

— Que vais-je dire aux enfants ? Amy lui avait déjà choisi un nom !

Il ne s'étonna pas. Laurie était bien la seule qui avait douté qu'elle garderait le chiot. Pour sa part, il avait su qu'elle ne le renverrait pas, idiot d'ex-mari ou pas, à la seconde où il les avait vus ensemble.

— Nous ignorons encore s'il est perdu, dit-il. Peut-être est-il rentré à la maison ? A moins qu'il n'ait trouvé un abri pour échapper à la tempête, comme nous.

Elle garda le silence, mais il perçut sa respiration hachée et la rejoignit, main tendue. La trouvant dans le noir, il l'attira de nouveau à lui sans qu'elle essaie de lutter. Au contraire, froissant le tissu trempé de son T-shirt entre ses doigts, elle sanglota de plus belle contre son torse.

A cause de son association, il avait essuyé beaucoup de larmes, mais personne ne l'avait ému comme Laurie. Il ne supportait pas qu'elle souffre et rêvait de prononcer le mot magique qui l'apaiserait.

Car il n'était pas seulement question du chiot perdu. Confusément, il devinait que sa douleur provenait d'une blessure bien plus profonde.

— Que se passe-t-il, Laurie ?

Elle remua faiblement.

— Il y a autre chose, n'est-ce pas ? De quoi s'agit-il ? Votre ex ? Le travail ?

Pendant quelques secondes, il crut qu'elle ne répondrait pas. Puis elle lâcha :

— Ma mère est en train de mourir.

Il se raidit.

— Comment ça ?

— Elle est atteinte d'une maladie rénale très grave. Elle subit une dialyse trois fois par semaine pour survivre, mais elle aurait avant tout besoin d'une greffe de rein. Or, elle refuse d'accepter le mien ! Je lui ai expliqué cent fois que je veux à tout prix le lui offrir, que je ne peux pas supporter l'idée de la perdre… mais elle se braque et continue à dépérir lentement. Bientôt, les médecins ne pourront plus rien faire et elle mourra.

Sa voix se brisa, et il lui frotta doucement le dos pendant qu'elle cédait de nouveau aux larmes.

Peggy ne lui avait pas parlé de sa maladie, ce qui ne l'étonnait guère. Les malades étaient parfois las d'être réduits à leur seule affection… Mais fort de cette information, il comprenait mieux le comportement de Laurie. Son dévouement à l'égard de sa mère, leur intense complicité… et la détermination de Laurie a préparé le plus somptueux des anniversaires…

C'était une situation épineuse. D'un côté, il comprenait la crainte de Laurie, qui redoutait la mort de sa mère et désirait plus que tout la sauver. Mais il approuvait aussi la volonté de Peggy, qui refusait le sacrifice de sa fille. Tous les parents ne cherchaient-ils pas à protéger leurs enfants, même à leur détriment ?

Peu à peu, les sanglots s'apaisèrent et elle s'écarta.

Laissant retomber ses bras, il la vit reculer dans la pénombre.

— Pardonnez-moi. Quand je suis submergée par la panique, je pleure tout mon soûl pour recouvrer mon calme. Dans ces cas-là, il n'y a rien à faire, sinon attendre. Alors ne vous sentez pas obligé de parler. C'est comme ça. Personne n'y peut rien.

— Votre mère vous aime plus que tout, dit-il seulement.

— Je sais.

— Je viens juste de faire sa connaissance, mais j'ai déjà remarqué un détail à son sujet : quand elle a décidé une chose, elle pointe le menton, exactement comme Stephen. Chaque fois que je le voyais redresser le menton, je savais qu'il n'admettrait aucun compromis. C'était la personne la plus obstinée de la terre.

— Maman est comme ça aussi, opiniâtre et entêtée. David et moi avons tous deux subi des tests suite à la découverte de sa maladie. Mon frère n'était pas compatible, contrairement à moi. Mais depuis le début, elle refuse mon aide en bloc. Même discuter de l'éventualité de l'opération est impossible.

Il demeura un instant silencieux avant de poser sa prochaine question.

— A sa place, laisseriez-vous vos enfants vous donner un rein ?

Elle soupira.

— Non, et pour la même raison que maman : je ne pourrais pas prendre le risque que l'opération tourne mal ou qu'ils aient un jour besoin de leurs deux reins pour vivre.

Il se garda de tout commentaire.

— Je devrais accepter la situation, n'est-ce pas ? Admettre qu'elle ne changera pas d'avis et respecter son désir.

— Plus facile à dire qu'à faire, non ?

— Oh ! oui. Je dois fournir de gros efforts dans ce sens. Aujourd'hui, j'ai encore abordé le sujet et je l'ai perturbée. Je ne veux plus que cela ternisse nos rapports, ou qu'elle tremble à l'idée que j'aborde le sujet à chacune de nos rencontres. Et puis, j'aimerais cesser d'y penser dès que nous sommes ensemble.

— Bien.

— Bien ? C'est tout ce que ça vous inspire ?

— Vous êtes une femme forte et intelligente. Vous trouverez une solution.

Un court silence s'abattit entre eux. Bientôt, il sentit sa main sur son bras alors qu'elle enroulait ses doigts fins autour de son poignet.

— Comment faites-vous ça ?

— Ça quoi ?

— Comment savez-vous exactement quoi me dire, ce que j'ai besoin d'entendre ? Comment pouvez-vous avoir une telle confiance en moi alors que nous venons de nous rencontrer ?

— Je vous connais.

Il ne mentait pas.

Dès la première seconde, ils s'étaient reconnus, aimantés l'un à l'autre par une attraction naturelle et insurmontable. Et au fil des jours, ce sentiment n'avait eu de cesse de croître.

— Comment ? Comment est-ce possible ? dit-elle dans un murmure.

— Je ne sais pas. Mais il est très difficile de lutter contre, croyez-moi !

— Je sais. J'essaie de me montrer raisonnable, je me répète que vous allez bientôt partir, que ce sentiment n'est pas réel... mais vous entrez dans la pièce, et j'oublie tout !

Il trouva sa paume chaude sur son bras et songea à la nuit précédente, à leur baiser, à la longue insomnie qui en avait découlé. Tout à l'heure, elle s'était réfugiée avec tant de naturel dans ses bras... Il pensa aussi à tous les regards, toutes les caresses, toutes les paroles échangées au cours des derniers jours.

— Laurie...

— Non.

Le coupant aussitôt, elle remonta sa main jusqu'à son épaule, puis sa nuque. Il sentit son abdomen et ses seins se presser contre son torse alors qu'elle se hissait sur la pointe des pieds pour l'embrasser.

A cause de la pénombre, il n'avait pas besoin de fermer les yeux, mais il ne put résister, désireux de s'imprégner de son arôme, son odeur, son contact. Elle l'attira plus près, toujours plus près... Impossible d'échapper à ses bras délicats et étonnamment forts.

— Vous avez un goût exquis, dit-elle contre sa bouche.

— Vous aussi...

Tout à coup, elle s'arracha à leur baiser et s'écarta. Il rouvrit les paupières, surpris.

— Déshabillez-vous.

En entendant sa voix éraillée, il se figea avant de percevoir le frottement du pull trempé qu'elle jetait à terre.

— Déshabillez-vous, Adam. Je veux faire l'amour avec vous, je veux me donner à vous...

Malgré la violence du désir, il ne bougea pas.

— Vous êtes bouleversée. Vous ne savez plus ce que vous dites.

— Je le veux. Je vous veux, vous. J'ai besoin de vous.

Il sentit soudain ses mains sur lui : elle tirait impatiemment sur l'ourlet de son T-shirt, qu'elle remonta le long de son torse. S'il ne l'aida pas, il ne l'entrava pas non plus. Il ne savait que décider. La prendre au mot ou s'accrocher aux derniers lambeaux de self-control qu'il lui restait ? Il la désirait ardemment, lui aussi... mais il s'inquiétait avant tout de son bonheur, et il ne voulait surtout pas qu'elle regrette son acte impulsif.

Sans peine, elle souleva son T-shirt et dévoila son ventre plat… avant de laisser échapper un petit cri de frustration quand le tissu bloqua au niveau des aisselles. L'instant d'après, il étouffa à son tour un gémissement : elle venait de coller sa peau soyeuse à la sienne. Parce qu'elle était nue jusqu'à la taille, il ressentit une décharge électrique dans tout son corps.

Et quand elle pressa ses lèvres sur son torse, il sut qu'il était perdu. Elle le désirait et… lui brûlait pour elle. Demain, ils en assumeraient les conséquences.

Demain…

Plongeant les doigts dans ses cheveux, il lui inclina la tête en arrière et s'empara de sa bouche avec avidité.

Laurie était étendue dans le noir, sa tête abandonnée sur la poitrine d'Adam. Dans cette position, elle entendait les battements réguliers de son cœur sous son oreille et malgré la fraîcheur apportée par la pluie, elle avait chaud, encore étourdie de caresses et de baisers passionnées.

Elle l'avait deviné, il était un amant merveilleux, attentif et sensuel, respectueux et audacieux. Il l'avait tour à tour embrassée et caressée de ses mains, de sa langue et de sa bouche, avant de l'entraîner au sol. Pour lui éviter la dureté du plancher, il l'avait assise à califourchon sur lui, puis il lui avait fait l'amour lentement, tendrement, profondément.

Elle avait eu une révélation. Jamais elle n'avait été plus impulsive, avide… et intensément comblée. Il était l'homme qu'elle avait attendu toute sa vie.

A cet instant, elle sentit une de ses larges mains descendre dans son dos, le long de sa colonne vertébrale. Comme sa paume effleurait la chute de ses reins, puis son postérieur, elle se mit à frissonner.

— Vous êtes superbe, Laurie Sutcliffe.

— Vous n'êtes pas mal non plus, Adam Hunter.

Pressant brièvement une de ses fesses, il lâcha ensuite un soupir.

— Nous devrions rentrer. Votre famille va commencer à s'inquiéter.

Sans doute avait-il raison mais elle n'avait aucune envie de bouger, de perdre la magie du moment et le lien qui les unissait. Pas plus qu'elle n'avait envie de retourner à la réalité, avec toutes les responsabilités qui lui incombaient.

Au bout de cinq minutes, elle l'entendit prendre une profonde inspiration, prêt à parler de nouveau, et le devança en soupirant :

— Je sais...

Elle roula de côté, loin de sa chaleur, quitte à creuser un grand vide dans son cœur. Tous deux revêtirent en silence leurs vêtements mouillés.

— Il pleut toujours, dit Adam.

Le vent, lui, paraissait moins virulent. Il ouvrit la porte et lui tendit la main.

— Allons-y !

Entremêlant ses doigts aux siens, elle s'émerveilla de la parfaite imbrication de leurs deux paumes en dépit de la différence de taille. Elle avait éprouvé la même chose durant leur étreinte : comme si elle rentrait chez elle, à la fois rassurée et exaltée.

Au-dehors, la tempête s'éloignait, laissant derrière elle des trouées de ciel bleu entre d'épais bancs de nuages. Ensemble, ils rebroussèrent chemin et gagnèrent la plage, toujours aussi lugubre. La mer ne cessait de s'acharner sur le rivage. Rentrant la tête dans leurs épaules, ils s'élancèrent main dans la main vers la pelouse du jardin et au sommet de la pente, Laurie distingua les contours des chapiteaux démontés. Par chance, ils n'avaient pas été emportés, même si elle apercevait d'inévitables dégâts, à commencer par les guirlandes installées la veille.

En approchant, ils remarquèrent que la demeure était éclairée comme un phare dans la nuit. Elle frissonna de nouveau et Adam accéléra le pas.

— D'ici cinq minutes, tu seras sous une douche chaude, lui dit-il.

L'instant d'après, ils franchissaient le seuil de la maison, abandonnant sur le carrelage de marbre de grandes rigoles d'eau.

Aveuglée par la clarté trop vive, Laurie cilla et jeta un coup d'œil à Adam, qui la dévisageait attentivement. Elle lui adressa un sourire fugitif, sans obtenir de réponse.

— Est-ce que ça va ? demanda-t-il.

— Oui, bien sûr.

— Pas de regrets ?

— Non.

Secouant la tête, elle répéta d'une voix plus ferme :

— Non.

A travers son hochement de tête, elle perçut son profond soulagement. Et elle l'observa à son insu pendant qu'il retirait ses chaussures.

Elle ne regrettait pas leur étreinte mais aucun miracle n'était advenu durant la tempête : l'Australie se situait toujours dans l'hémisphère sud, et elle avait toujours deux enfants, une société à gérer et une mère malade. En somme, elle ne pouvait pas quitter les Etats-Unis.

Jamais ils n'auraient dû se rencontrer. Malheureusement, elle savait maintenant exactement ce qu'elle perdrait la semaine prochaine, quand il s'en irait.

— Laurie ! Te voilà enfin ! Nous t'avons cherchée partout ! s'exclama sa mère, apparaissant au bout du couloir au côté de Kinsey.

Laurie poussa un cri en découvrant la petite boule de poils hirsutes nichée sur les genoux de sa mère.

— Où l'avez-vous trouvé ? Nous étions partis à sa recherche. Il s'était enfui dans la forêt.

— Kinsey l'a entendu geindre sur la terrasse il y a quelques minutes. Dieu du ciel, ma chérie ! Tu es trempée jusqu'aux os.

Accroupie, Laurie caressa le corps chaud et encore humide du chiot... qui lui lécha la main.

— Désolée de m'être fâchée, petit père...

De nouveau, il donna un coup de langue sur ses doigts, et elle se promit de se faire pardonner dès qu'elle serait sèche.

— Il n'a pas l'air mal en point, déclara Adam avant de repasser spontanément au vouvoiement. Venez prendre une douche chaude, vous en avez grand besoin.

Elle sentit sa grande main sur son épaule, pesante et tendre. Et elle devina le regard pénétrant de sa mère, qui notait ce geste un peu trop intime avec intérêt.

— Une minute. Que je n'oublie pas…

Doucement, elle glissa un index sous le museau du chiot et plongea son regard dans le sien avant d'annoncer :

— Tu t'appelleras Atlas.

A ces mots, l'animal battit de la queue, ce qu'elle prit pour un assentiment.

— Pour l'amour du ciel, Laurie, va te sécher ! s'écria Peggy. Le chiot attendra.

Elle se redressa enfin, assaillie par une foule de pensées désordonnées.

— Je dois rappeler les installateurs pour qu'ils viennent remonter les chapiteaux demain et…

— Plus tard, répondit Adam derrière elle.

Les deux mains sur ses épaules, il la poussa vers l'escalier, ne s'arrêtant qu'au seuil de sa chambre.

— Réchauffe-toi vite.

Et il disparut de son côté après un baiser aussi bref qu'intense.

Sonnée, elle pressa ses doigts sur sa bouche.

Tant de questions. Tant de doutes. Et toujours aucune réponse.

Secouant la tête, elle alla finalement se sécher.

10

A sa sortie de la salle de bains, après une longue douche brûlante, Laurie trouva Eugenia en train de déposer, sur son lit, un des pyjamas en flanelle de sa mère.

— Votre mère vous le prête. Et je vous apporte une soupe dans cinq minutes.

— Merci, mais je peux descendre.

— Si vous voulez, mais votre mère serait rassurée si vous restiez au chaud, confortablement installée dans votre lit.

Elle crut détecter une nuance de reproche dans la voix de la gouvernante — mais Eugenia ne détestait-elle pas que sa patronne se fasse de la bile ?

Cédant au chantage, Laurie se glissa dans son lit, grisée par le confort et la chaleur de la pièce. Une fois la soupe et les toasts engloutis, elle sombra dans le sommeil en dépit de la pendule qui affichait 4 heures de l'après-midi.

Elle avait eu une journée mouvementée et son esprit comme son corps avaient besoin de répit. A son réveil, elle découvrit un ciel assombri… par la nuit. Les nuages orageux avaient disparu au profit d'étoiles scintillantes. Sur la table de chevet, son réveil affichait 9 heures du soir.

Elle secoua la tête. Incroyable. D'ordinaire, ses siestes n'excédaient jamais plus d'une heure. Jamais.

Allumant sa lampe de chevet, elle faillit se lever avant de se raviser et de s'enfoncer sous la couette.

Si elle sortait de sa chambre, elle risquait de croiser Adam et ne sentait pas encore prête. Elle ne s'imaginait pas échanger avec lui des banalités sous les yeux de ses proches. Surtout, elle ne pouvait pas prétendre que leur situation n'avait pas irrévocablement changé cet après-midi.

On toqua à sa porte.

— Entrez ! dit-elle en passant rapidement une main dans ses cheveux.

Juste au cas où.

Mais ce n'était pas Adam. Seule sa mère franchit le seuil avec son déambulateur. Parce qu'elle ne parvint pas à cacher son désappointement, Peggy lui décocha un regard inquisiteur, suivi d'un sourire.

— Espérais-tu une autre visite ?

— Oui… enfin, non…

Embarrassée, elle détourna la tête avec l'impression d'être une adolescente de quinze ans.

Quand soudain elle remarqua la volumineuse chaussure à velcro que portait sa mère à la place de son sempiternel plâtre.

— Tu as été à l'hôpital !

— Enfin ! Tu devrais voir ma pauvre jambe, elle est devenue toute maigre ! s'exclama Peggy en s'installant sur le rebord du lit avec un soupir. Ne le dis pas à Kinsey, mais recommencer à marcher est plus pénible que je ne l'aurais cru !

Laurie se força à sourire et sa mère reprit, se penchant pour presser son front comme elle l'avait fait tant de fois durant son enfance :

— Comment te sens-tu ? Tu n'as pas mal à la gorge ?

— Je vais bien. Ce n'était qu'un peu de pluie, tu sais.

— Tant mieux. Parce qu'en fait, j'aimerais t'entretenir de quelque chose. J'aurais même dû t'en parler plus tôt.

— Je t'écoute.

— C'est à propos de Guy. Comme tu le sais, il a pris rendez-vous avec moi hier pour me proposer de quitter Roland afin que j'intègre sa nouvelle agence.

Elle hocha la tête, sans comprendre où sa mère voulait en venir.

— Comme tu t'en doutes, j'ai refusé. En fait même, je lui ai dit « non, en aucun cas ». Pas même s'il m'offrait les clés de Fort Knox assorties d'une caisse de champagne français millésimé.

Cette fois, Laurie sourit franchement.

— Merci, maman, mais tu n'avais pas besoin de me le préciser. Je savais que tu ne le suivrais pas.

— Bien. Mais en te voyant avec Adam cet après-midi, je me suis dit que tu t'inquiétais peut-être à ce sujet...

Laurie fronça les sourcils.

— Je ne vois pas le rapport entre la démarche de Guy et Adam...

A ces mots, sa mère lui coula un regard chagriné.

— Je ne suis pas idiote, ma chérie ! Ton ex-mari non plus, et il est jaloux. Quant à moi, j'ai bien vu la manière dont tu le regardais...

Laurie piqua un fard. Incroyable ! En l'espace des trois jours — ou plus précisément, depuis sa rencontre avec Adam Hunter — jamais elle n'avait autant rougi.

— Ce n'est pas ce que tu crois.

— Vraiment ? Alors de quoi s'agit-il ?

— Je ne sais pas, répondit Laurie en tripotant le rebord de sa couette. Nous... heu... nous nous apprécions, mais rien ne peut résulter de cette relation.

— Pourquoi pas ? s'étonna Peggy, la tête inclinée de côté.

Sa mère paraissait surprise. Pourtant, l'origine de leur problème n'était-elle pas évidente ?

— Il vit en Australie, maman !

— Certes, mais ce n'est pas un obstacle insurmontable, si ? Si vous vous plaisez vraiment, je ne vois pas pourquoi votre histoire ne fonctionnerait pas.

Elle se troubla, surprise par le romantisme de sa mère. Peggy était-elle à ce point sentimentale et idéaliste ?

— Maman, ma vie est ici. Je ne peux pas déménager à l'autre bout de la planète pour un homme. Je dois penser aux enfants et à mon travail. Plusieurs personnes dépendent de moi.

— J'en conviens. Tu peux difficilement te déraciner alors que Josh et Amy sont encore des adolescents. Mais Adam, lui, n'a pas d'attache, répondit-elle, les yeux brillants d'excitation.

— Voyons, maman ! Nous venons à peine de nous rencontrer,

je ne peux pas lui demander d'abandonner sa vie ! Il lui faudrait changer de pays, sacrifier son entreprise et le fonds de charité. C'est tout simplement... inenvisageable !

— Pourquoi ?

— Parce que je ne peux pas exiger qu'il abandonne tout juste pour vivre avec moi !

— Oh ! Laurie, si tu savais comme tu me chagrines. « Juste pour vivre avec moi ». Quelle expression affreuse. Tu n'es pas un pis-aller ou un lot de consolation !

— Ce n'est pas ce que j'ai dit.

— Vraiment ? Ne viens-tu pas de dire qu'être avec toi ne serait pas une motivation suffisante pour qu'Adam quitte son pays ?

Ouvrant la bouche pour nier, elle finit par la refermer avec un petit bruit sec. Elle jugeait en effet le sacrifice trop grand. C'était trop demander pour elle, trop exiger de lui.

— Selon toi, que serait-il acceptable de demander à Adam, s'il t'aimait vraiment ? reprit sa mère. Changer d'Etat ? De ville ? De quartier ? De rue ?

Mise au pied du mur, elle fixa sa mère, muette.

— Tu vaux largement qu'un homme prenne des risques, ma chérie. Tu mérites même qu'il accomplisse des actes héroïques pour toi.

Les yeux brouillés par les larmes, Peggy se pencha vers elle et pressa sa main :

— J'ai été si fière de la manière dont tu t'es reprise après le départ de Guy. Mais je suis furieuse de voir combien cet homme t'a fait douter de toi, Laurie. Il t'a quittée parce que quelque chose clochait chez lui, pas chez toi.

— Je le sais.

— En es-tu certaine ?

— Oui, enfin... Pour qu'un mariage fonctionne, il faut être deux, maman. Pareil pour une rupture. Je dois donc bien y être pour quelque chose...

Elle sentit un goût amer envahir sa bouche alors que cet aveu faisait remonter en elle une vérité désagréable, trop longtemps enfouie.

— Parce qu'il a eu une liaison ?

— Tu sais ce qu'on dit : les hommes regardent ailleurs quand ils ne sont plus heureux chez eux. A l'évidence, je ne satisfaisais plus Guy. Ou peut-être s'ennuyait-il tout simplement ? Après tout, je ne suis plus très jeune, et Prue a dix ans de moins que moi. Ou peut-être ne se souvenait-il plus pourquoi il m'aimait...

Elle éprouva un pincement douloureux, mais contrainte par sa mère d'affronter la réalité, elle préférait maintenant crever l'abcès.

— Guy t'a quittée parce que tu as changé, Laurie. Tu as fondé une société prospère, tu t'es épanouie, et il n'a pas pu le supporter. Il ne voulait pas d'une rivale sous son propre toit.

— Mais je n'étais pas en compétition avec lui ! s'écria-t-elle. C'était ma propre affaire. Ça n'avait rien à voir avec lui !

— Je suis d'accord, ma chérie, répondit Peggy avant de la considérer un instant. T'ai-je jamais dit pourquoi j'avais épousé ton père ?

Surprise par ce changement de sujet, Laurie tiqua.

— Parce que tu es tombée amoureuse de lui ?

— En partie, mais l'amour ne suffit pas. Il faut aussi de la bonne volonté. Et de la générosité. Les deux époux doivent faire des concessions pour rendre l'autre heureux. Pas tout le temps, bien sûr... mais cette générosité est nécessaire. J'ai su que ton père était l'homme de ma vie un jour où il m'a emmenée déjeuner, alors que nous nous fréquentions depuis plusieurs mois. Nous sommes allés dans un restaurant très chic, où il a refusé de me donner le menu pour que je ne m'inquiète pas des prix. Ensuite, nous nous sommes promenés autour d'un lac où il y avait des pédalos... comme je rêvais de faire un tour sur l'eau, ton père en a aussitôt loué un pour une demi-heure. A la fin, il m'a raccompagnée à la maison et m'a embrassée sur le seuil, comme d'habitude. Puis, environ une heure plus tard, sa mère m'a téléphoné, très angoissée, car il n'était toujours pas rentré. Lucy a toujours été très mère poule. Mais j'ai fini par m'inquiéter à mon tour... jusqu'à ce qu'il m'appelle, à 20 heures, pour me rassurer. Sais-tu pourquoi il était si en retard, Laurie ?

Elle secoua la tête. Jamais encore elle n'avait entendu cette anecdote et, abasourdie, elle vit les yeux de sa mère s'embuer.

— Parce qu'il avait dû rentrer à pied. Il avait dépensé tout son argent pour le restaurant, et le prix de son billet de train dans le pédalo… Il m'a permis cette petite folie, au prix de deux heures de marche pour rentrer.

A son tour, elle refoula ses larmes avec un reniflement.

— Tu ne me l'avais encore jamais raconté.

— J'aurais dû. Guy a beaucoup de qualités, Laurie, mais il n'est pas le genre d'homme à rentrer à pied chez lui pour quelqu'un.

Sa mère lui serra la main, puis reprit :

— Tu mérites un homme prêt à remuer ciel et terre pour toi, un homme que tu aimeras en retour avec la même intensité. N'aie pas peur de réclamer ce que tu veux, ma chérie. Tu le vaux. Depuis toujours.

Serrant une dernière fois sa main, Peggy se redressa.

— Je vais cesser de te sermonner, à présent… mais pense à notre petite discussion, d'accord ?

De nouveau seule, Laurie replongea sous la couette. Elle avait parfaitement compris le message de sa mère : elle ne devait pas se fermer à une éventuelle histoire avec Adam. Ni le rayer de sa vie pour l'unique raison qu'elle exigerait de sa part un sacrifice…

Pour l'heure, sa mère ignorait que leur relation avait dépassé le stade des regards enflammés et du simple flirt. Adam et elle avaient partagé de merveilleux moments cet après-midi… Elle avait senti leur lien, établi dès leur première rencontre, grandir et se renforcer. Mais il s'agissait d'instants volés, hors du temps, hors de la réalité.

Malgré les sentiments qu'elle éprouvait pour lui, et inversement, elle estimait extravagant d'imaginer qu'ils abordaient les prémices d'une véritable relation. Ces quatre jours si intenses, en compagnie d'un homme extraordinaire, étaient-ils le prélude à une vie entière d'amour et de bonheur ?

Tu ne le sauras jamais si tu n'essaies pas.

Sans surprise, elle s'aperçut que la voix de sa conscience était désormais celle de sa mère…

Elle ferma les yeux. Jamais elle ne s'était considérée comme une personne lâche, mais à la seule perspective de traverser le couloir et toquer à la porte d'Adam pour lui avouer son amour… elle sentit son estomac se nouer, en pleine crise de panique.

Tu le vaux. Depuis toujours.

Elle ne demandait qu'à croire sa mère, de tout cœur. Mais elle avait conscience que la trahison de Guy l'avait profondément ébranlée. Elle ne déplorait pas seulement son aveuglement — car elle n'avait rien vu venir… Elle regrettait surtout qu'aux yeux de son mari, leur relation, et pire, *elle-même*, avait en fait si peu de valeur qu'il n'avait même pas tenté de sauver leur mariage. Il l'avait connue, et aimée, dès l'âge de vingt et un ans. Il était la personne qui la connaissait le mieux, devant même sa mère. Et il l'avait abandonnée sans un regard en arrière.

Comment pouvait-elle ne pas douter d'elle après un tel rejet ? Lapidaire et désinvolte, Guy avait sacrifié tout ce qu'ils avaient bâti ensemble.

Mais à présent, elle ne devait plus songer à son passé. Elle s'interrogeait plutôt sur son avenir. Comment allait-elle mener le reste de son existence ? Elle songeait aussi à l'homme qui partagerait peut-être sa vie, pour peu qu'elle ait le courage de lui parler.

Avec un gros soupir, elle balança ses jambes hors du lit et se redressa.

Parce qu'elle n'avait jamais été lâche.

Prêt ou pas, Adam Hunter, me voilà !

Adam ajusta le volume de son ordinateur portable.

— Désolé Syd, je n'ai pas entendu. Il y a de la friture sur la ligne…

La jeune femme, sur l'écran, leva les yeux au ciel.

— Ne m'oblige pas à le répéter, Adam. Tu sais que je déteste les grandes déclarations…

Il se mit à rire.

— Non, sérieusement, il y a des grésillements…

Malgré ce problème récurrent avec Skype, il appréciait cette invention inestimable qui lui permettait de rester en contact avec l'autre hémisphère. N'était-ce pas une petite révolution ? Pour sa part, il espérait que cela suffirait pour lui et ses projets...

Un coup retentit à la porte.

— Je dois te quitter, dit-il, en jetant un coup d'œil par-dessus son épaule. Mais rappelle-moi vite pour me dire ce que tu en penses, d'accord ?

— O.K., mais tu connais déjà ma réponse.

— Je veux que tu sois sûre de toi. Ça doit nous profiter à tous les deux.

— O.K., patron.

Comme Syd coupait la communication, il se leva et ouvrit la porte.

C'était Laurie, évidemment. Il s'apprêtait à aller la retrouver, mais en toute logique, elle l'avait devancé. Après tout, leur connexion ne fonctionnait-elle pas dans les deux sens ?

— Je peux entrer ?

Vêtue d'un pyjama à rayures bleues et vertes, elle avait les cheveux tout ébouriffés et il dut lutter pour ne pas l'embrasser, se contentant de la laisser entrer. Il y avait un temps pour chaque chose. Dans l'immédiat, ils allaient discuter.

Englobant la pièce du regard, elle lui fit ensuite face, les bras croisés sur la poitrine. Il se rappela alors ce jour où elle était venue dans sa chambre d'hôtel, déterminée à le convaincre de revenir chez sa mère.

Elle prit une profonde inspiration et malgré lui, il remarqua la boutonnière de son pyjama tendue sur sa poitrine.

Non, il devait rester concentré. C'était important. Il percevait la tension qui émanait d'elle. Et si cela comptait pour elle, cela comptait aussi pour lui.

Pour eux.

— Je sais que nous nous connaissons depuis seulement quelques jours. Je sais que la situation est difficile et que j'interprète peut-être mal certains signes... Je sais aussi combien ma demande est soudaine et insensée, mais... je voulais te dire...

Elle s'interrompit, avant de reprendre avec des trémolos dans la voix :

— Je ne veux pas que tout s'arrête maintenant. Je veux plus.

Je veux… je veux voir jusqu'où nous pouvons aller. Je veux savoir si mes sentiments sont bien réels.

Elle se tut, les yeux rivés à son visage, et il devina son incertitude, sa peur, ses doutes. Comment était-ce possible ? Après les événements de l'après-midi, elle aurait dû savoir à quel point elle était importante pour lui. Il n'avait pas joué avec elle, ni passé le temps…

Il savait combien son divorce l'avait blessée. Parce qu'elle était meurtrie par son ex-mari, il souhaitait avancer lentement, ne pas s'imposer, bien conscient qu'elle restait sur ses gardes à cause de ses enfants et de ses déboires passés… Elle ne manquait pas de raisons pour ne pas précipiter les choses.

Mais il n'avait jamais pris de gants avec elle, et il n'allait pas commencer aujourd'hui.

Aussi déclara-t-il tout de go :

— Laurie, je t'aime. Je me fiche du nombre de jours qui se sont écoulés. J'ai attendu toute ma vie d'éprouver ça par une femme !

Faisant un pas vers elle, il l'attira à lui et s'empara de sa bouche, constatant avec bonheur qu'elle s'accrochait à lui même s'il n'avait pas encore répondu à ses nombreuses questions. Leurs corps avaient admis l'évidence avant leurs esprits.

Après un long baiser, il promena ses lèvres sur une de ses pommettes avant de s'écarter pour la contempler.

— Je viens de m'entretenir avec mon équipe, à Melbourne. Mon bras droit, Syd, gère parfaitement l'entreprise et le fonds d'investissement depuis mon départ. Elle est prête à continuer jusqu'à la fin du mois. Aussi j'ai pensé qu'avec ton accord, une fois la réception passée, je pourrais t'accompagner chez toi et trouver un hôtel dans les environs, afin de passer les prochaines semaines à te prouver que notre histoire mérite une chance.

Elle eut l'air ébranlée, comme si elle n'en croyait pas ses oreilles.

— Mais…

Il crut lire dans ses pensées. Son entreprise, son association… Il avait maints détails à régler avant de clore ce chapitre de sa vie et d'emménager aux Etats-Unis.

— Rien n'a d'importance, déclara-t-il. Le fonds accomplit un travail formidable mais il a de bonnes bases, maintenant. Avec les collaborateurs adéquats, il tournera tout seul. Et j'ai bien envie d'exporter son concept à l'autre bout du monde. Il y a des adolescents en difficulté partout.

— C'est un gros sacrifice.

— Non, pas vraiment.

— Si, si ! C'est toute ta vie et pour le moment, nous ne savons presque rien l'un sur l'autre. Tu ignores que je deviens irritable quand j'ai faim et que je suis secrètement accro aux pires émissions de télé-réalité. Tu ne sais pas que l'hiver, je vole toute la couette, et que je ne referme jamais, absolument jamais, le tube de dentifrice. Et puis je suis autoritaire, exigeante, et même si j'en ai bien conscience, je suis trop perfectionniste et…

— Je m'en fiche.

— Pour le moment. Mais un jour, tu pourrais découvrir certaines choses à mon sujet qui te sembleront rédhibitoires.

Anxieuse, elle se mit à trembler entre ses bras. Il se raidit. Interprétait-il mal ? L'avait-il affolée avec sa déclaration, offert trop et trop vite ? Etait-elle loin derrière lui, seulement préoccupée par leur prochain rendez-vous, et non par le rêve d'un avenir commun ? Lui ne songeait qu'à rester pour toujours à ses côtés depuis l'instant où il s'était noyé dans ses prunelles bleu ardoise.

— Une seule chose importe, Laurie. Que veux-tu, toi ?

Elle lui parut fébrile, une petite ride d'inquiétude entre les sourcils.

— Je veux plus que tout croire en toi, mais… j'ai peur, Adam.

— Alors nous avancerons pas à pas. Je t'attendrai. Je n'irai nulle part sans toi.

Elle le dévisagea un long moment, scrutant ses traits avec intensité. Il ne cilla pas… et peu à peu, il vit son visage se détendre. Elle se mit finalement à sourire.

— Je vais te prendre au mot, déclara-t-elle. Oh ! je ne te pense pas capable de progresser pas à pas — ce n'est pas du tout ton style ! Mais j'ai envie de te croire quand tu dis : « je n'irai nulle part ». J'aime beaucoup, même.

Débarrassé d'un poids, il inclina la tête pour l'embrasser. Et comme elle encadrait son visage de ses mains, il sentit toute la profondeur de ses sentiments. Elle n'était peut-être pas encore capable de le dire, mais…

— Je t'aime, Adam, fit-elle pourtant. J'ai l'impression d'être dans un rêve.

Saisissant ses deux mains, il les plaça sur son cœur.

— Non, c'*est* la réalité. Et c'est la meilleure chose qui me soit arrivée.

Elle sourit, une étincelle taquine dans les yeux.

— Je croyais que la meilleure chose qui te soit arrivée… s'était produite dans la cabane, cet après-midi.

Il hocha la tête, amusé.

— C'était plutôt pas mal, je dois l'admettre.

— Plutôt pas mal ? Ce n'est pas l'impression que tu m'as donnée sur le moment. N'as-tu pas prononcé le mot « extraordinaire » à un moment ?

— C'est possible. Mais je pense que nous pouvons faire mieux.

Elle planta ses poings sur ses hanches.

— Mieux qu'extraordinaire ?

— Absolument ! En fait, je vais le prendre comme un défi personnel.

Il entreprit aussitôt de la pousser vers le lit.

Il avait encore de nombreux détails à régler… mais ils attendraient. Pour l'instant, il aspirait à frotter sa peau contre la sienne, à la serrer contre lui pour savourer pleinement leur décision.

Elle l'aimait, et ils allaient tenter leur chance. Il avait toujours mené une existence pleine de défis et d'aventures… mais sa vie venait de prendre un tout nouveau sens, une nouvelle saveur.

Il n'était plus seul.

Se cognant les genoux au rebord du lit, elle tomba en arrière. Sans la quitter des yeux, il se coucha sur elle au moment où elle lui ouvrait les bras et cessait peu à peu de sourire.

— Pince-moi. J'ai besoin de savoir que je ne rêve pas, que tu n'es pas seulement une pure création de mon imaginaire.

Il repoussa ses cheveux en arrière et redessina tendrement l'arc d'un de ses sourcils, avant de répondre :

— Je peux faire plus agréable que te pincer…

Et il allait le lui prouver.

Le lendemain matin, aux premières lueurs de l'aube, Laurie se glissa hors du lit d'Adam pour revêtir son pyjama. Elle avait passé une nuit incroyable, inoubliable, mais elle préférait attendre avant d'officialiser sa relation avec Adam auprès de sa famille.

Après toutes ces heures passées dans ses bras, elle ne nourrissait plus aucun doute, mais elle redoutait que ses proches ne considèrent pas la situation du même point de vue. Cela dit, elle n'était pas inquiète. Dès qu'ils connaîtraient Adam, ils l'aimeraient autant qu'elle.

Elle se figea, sa veste de pyjama à moitié boutonnée. C'était incroyable, et précipité, mais elle l'aimait vraiment. Elle était tombée éperdument amoureuse de lui dès la première seconde... même si elle avait été trop effrayée, trop intimidée, pour l'admettre.

Heureusement, Adam ne craignait pas les défis. Et elle savait combien ils auraient besoin de sa ténacité au cours des mois à venir.

Une fois habillée, elle s'attarda près du lit, à regarder son amant endormi — ses larges épaules, sa peau hâlée, son corps athlétique... Malgré sa stature, il se montrait pourtant doux, patient et tendre.

Pour le seul plaisir de sentir sa chaleur, elle effleura son bras.

Non, elle ne rêvait pas. Elle flottait vraiment sur un petit nuage...

En se penchant, elle déposa un baiser sur son épaule puis rejoignit la porte, qu'elle ouvrit avec d'infinies précautions. Sans un bruit, elle sortit alors dans le couloir, soulagée de ne pas l'avoir réveillé.

Mais alors qu'elle se dirigeait vers sa chambre, elle faillit heurter... le fauteuil roulant de sa mère !

C'était le problème avec les roues : elles étaient parfaitement silencieuses sur toutes les surfaces.

— Maman !

Elle sentit le feu lui monter aux joues. Prise sur le fait !

— Bonjour, lui répondit Peggy avec un regard en direction de la porte d'Adam. Ou devrais-je plutôt dire : bonne nuit ?

Elle perçut l'étincelle d'espièglerie dans le regard de sa mère.

— Adam va rester quelque temps. Il va revenir à Vineland avec moi et séjourner un moment à l'hôtel...

— Ça m'a l'air sérieux.

— Ça l'est.

A sa grande surprise, elle se confiait avec simplicité et naturel. Elle avait craint d'être sur la défensive... mais elle se sentait seulement... heureuse. Exaltée. Pleine d'espoir.

Aimée.

Sa mère sourit.

— Ne m'en dis pas plus. Je lis dans tes yeux. Je suis si contente, Laurie.

Etreignant tendrement le bras de Peggy, elle lui décocha un sourire insolent.

— Puisque tu m'as déjà prise sur le fait..., dit-elle en retournant vers la chambre qu'elle venait de quitter, autant assumer jusqu'au bout.

Alors que sa mère s'esclaffait, elle se faufila dans la pièce. Puis elle se déshabilla et reprit sa place sous les draps, passant un bras autour de la taille d'Adam avant de se lover contre lui.

Celui-ci soupira, puis marmonna dans son sommeil, en roulant de côté. L'attirant sur son torse, il l'embrassa alors sur le front.

Elle ferma les yeux.

Sans doute était-ce étrange... mais elle avait l'impression que sa maison, son foyer... n'était plus un lieu mais une personne. Un homme. *Lui.*

Un sourire aux lèvres, elle sombra de nouveau dans le sommeil.

EMILIE ROSE

Dangereuse passion

Traduction française de
MARIE VILLANI

HARLEQUIN

Titre original :
PERFECT MATCH

Ce roman a déjà été publié en 2012.

1

Aucun homme ne devrait être forcé de supporter l'ambiance quasi hystérique d'une fête donnée en l'honneur de l'arrivée imminente d'un nouveau-né !

C'est ce que Tate Sumner ruminait tout en triturant dans sa poche le morceau de carton à la forme irrégulière qui lui avait été donné à son arrivée. Il s'agissait d'une pièce de puzzle qui faisait partie d'un grand jeu, spécialement conçu pour l'occasion. La consigne était de se mêler à l'assistance jusqu'à trouver la personne dont la pièce de puzzle correspondait. Après quoi les deux détenteurs de pièces étaient censés imiter avec leurs corps la manière dont les pièces s'imbriquaient.

C'était bien de Sandy, son incorrigible entremetteuse de sœur, de transformer cette fête, traditionnellement affaire de femmes, en soirée de rencontres ! Hilarant, non ? Vraiment pas ! A trente-quatre ans, il se sentait souvent complètement à côté de la plaque — trop jeune pour le mariage et tout ce qu'il impliquait, mais trop vieux pour les petits jeux de célibataire.

Au cours de l'heure écoulée, il avait donc fait, sans enthousiasme, le tour des personnes présentes. En vain. Il n'avait pas trouvé la pièce correspondante à la sienne, ni la personne qui allait avec, même si, il devait bien l'admettre, les tentatives de couplage des paires d'invités, pour la majeure partie des célibataires entre vingt et trente ans, avaient donné lieu à de cocasses mêlées. Nul doute que l'alcool, qui coulait à flots, ôtait bien des inhibitions !

Pour sa part, il ne faisait plus d'excès en la matière. Sa vie de fêtard coureur de jupons avait abruptement pris fin après l'effondrement d'un immeuble qui lui avait valu, l'année précédente, plusieurs semaines d'hôpital. Il avait alors réalisé un fait banal mais ô combien précieux : la vie était courte, et, suite à cela, il s'était efforcé de changer sa vie du tout au tout. Avant cet événement, il aurait certainement laissé l'une des jumelles blondes avec qui il s'entretenait en cet instant le convaincre de rentrer avec elle cette nuit.

Discrètement, il consulta sa montre, puis jeta un énième coup d'œil à la porte. Sans vouloir offenser ni Tia ni Leah, il avait hâte de rentrer à temps pour la seconde mi-temps du match des Braves !

Mais la fête était loin d'être finie, preuve en était le carillon de la porte qui venait de retentir, annonçant l'arrivée de nouveaux invités. S'extirpant d'une montagne de lambeaux de papier-cadeau pastel, sa sœur se dandina en direction de la porte aussi vite que son ventre de femme enceinte sur le point d'accoucher le lui permettait. Après quoi, elle se jeta avec un cri sur la pauvre victime arrivée sur son paillasson. Il songea avec une pointe d'agacement qu'avec la chance qu'il avait, l'arrivante allait être sa moitié, et il allait devoir d'une minute à l'autre s'imbriquer dans une autre pièce de puzzle humain ! Une vraie corvée en perspective !

Sa sœur tira l'inconnue à l'intérieur, et il manqua lâcher le verre de citronnade arrosée d'alcool que quelqu'un lui avait mis de force dans la main.

Faith King !

Il ne l'avait pas revue depuis le mariage de Sandy, deux ans plus tôt, avec David, le frère de Faith. Les cheveux blond vénitien de la jeune femme formaient toujours le même carré soyeux et étincelant. Il se remémora avec nostalgie le désordre qu'il y avait mis lors de leur nuit d'amour passionnée, le soir du dîner de répétition de la noce.

A son grand désarroi, il fut frappé de plein fouet par une vague de désir aussi puissant qu'irrépressible. Après ce qu'elle lui avait fait subir ! Leur nuit d'amour torride s'était soldée par un véritable fiasco. Il n'avait pas compris qu'elle lui batte froid le lendemain, d'abord à la cérémonie, puis à la réception qui s'était ensuivie. Certes, il s'attendait à une certaine gêne le matin suivant dans la mesure où ils s'étaient quasiment jetés l'un sur l'autre, sans respecter le minimum de préliminaires requis dans ces circonstances. Pas même une danse ! Mais il avait espéré combler cette lacune au cours du week-end. Il n'en avait jamais eu l'occasion : Faith avait pris grand soin de l'éviter, comme s'il l'avait exposée à un dangereux virus.

Alors, dans un accès de fierté blessée, il avait pris une coupe de champagne de trop, honteusement flirté avec toutes les femmes présentes, avant de se ridiculiser avec un toast odieux à l'intention du marié. Ça oui, il avait remporté la palme, ce soir-là : celle du parfait crétin !

— Désolée d'être en retard.

Elle fit franchir le seuil à sa valise à roulettes.

— Mon vol a été retardé par un orage. Je ne me suis même pas arrêtée à l'hôtel, le taxi m'a déposée directement ici.

Sa voix légèrement enrouée et quelque peu essoufflée le ramena droit à leurs ébats du milieu de la nuit. Ils avaient étrenné son divan, son lit et même le comptoir de sa cuisine ! Lui qui ne rêvait que de profiter de l'insouciante vie de célibataire dont il avait été privé tant qu'il aidait à élever ses jeunes sœurs, il avait été servi. Mais, au cours des jours qui avaient précédé le mariage de Sandy, Faith lui avait fait aspirer à davantage qu'un week-end de sensualité débridée. Elle seule avait fait naître en lui la tentation d'oublier la promesse qu'il s'était faite de savourer sa liberté nouvellement acquise depuis que sa dernière sœur était partie de la maison, et le fait de n'être plus, enfin, que responsable de lui-même.

— Tu as invité des hommes à ta *baby shower* ! s'exclama Faith.

Elle parcourait l'assistance du regard avec un froncement de sourcils, puis les repéra, lui et ses assidues interlocutrices. Il sentit son cœur s'arrêter de battre tandis que de ses yeux bleus écarquillés par le choc, elle l'inspectait, de ses cheveux en épis à ses bottes. Elle soutint son regard avec la même fraîcheur arctique que celle dont il se souvenait de leur dernière rencontre.

Ce jour-là, une fois les mariés partis pour leur lune de miel, il s'était risqué à solliciter son numéro de téléphone. Elle s'était contentée de lui claquer la portière de sa voiture au nez. Ce soir, son regard noir indiquait que leurs retrouvailles ne seraient pas des plus cordiales. Certitude qui descendit le long de son échine telle une coulée de cendres.

Sandy lui fit signe du doigt de venir la rejoindre. Il s'excusa auprès des deux blondes.

— Tu te souviens de Faith, la sœur de David, n'est-ce pas ?

Oh que oui ! De chacune de ses affriolantes courbes ! Et il n'avait aucun mal non plus à se remémorer sa fragrance, la douceur de sa peau, ses halètements passionnés et l'étreinte brûlante, moite de son corps autour du sien !

— Elle tenait à être là pour la naissance de sa nièce.

Sandy venait de le ramener au présent et, enfin, il plongea son regard dans celui de la femme qui peuplait bien trop souvent ses rêves.

— Faith.

— Tate.

Glacial, son ton eût pu donner des engelures à n'importe qui, mais la légère rougeur qui teinta ses joues lui confirma qu'elle n'avait elle non plus rien oublié de ce qui s'était passé entre eux.

— Faith va rester quelques jours au Hilltop Inn, et la semaine prochaine, elle emménage ici même, à Chapel Hill, dans une maison dont elle vient de faire l'acquisition, déclara Sandy avant de le pousser du coude. Va mettre sa valise dans ma chambre pour l'instant, tu veux, Tate ? Et apporte-lui de quoi boire, s'il te plaît.

Il sentit son cœur manquer un battement. Faith allait habiter à quelques minutes d'ici plutôt qu'à huit heures de vol à Atlanta !

Il lui offrit son verre.

— Tiens, prends le mien, je n'y ai pas touché. Mais méfie-toi du coup de fouet. Ma perverse petite sœur adore regarder ses invités se soûler tandis qu'elle-même reste sobre.

Elle tendit la main. Leurs doigts s'effleurèrent alors qu'elle se saisissait du verre, et une brève décharge passa entre eux. L'espace d'une fraction de seconde, ses yeux s'écarquillèrent, avant de s'assombrir aussitôt de circonspection.

— Merci.

Sandy s'empara du parapluie de Faith, l'appuya contre le mur, puis s'enquit :

— As-tu ta pièce de puzzle ?

Faith cligna des yeux, détourna le regard.

— Oui, dans mon sac.

— Sors-la, et présente-toi à tout le monde jusqu'à ce que tu trouves celle qui correspond. Tate va t'expliquer les règles du jeu, j'ai besoin de m'asseoir.

Avec une grimace, Sandy pressa une main sur ses reins, puis retourna lourdement à son fauteuil, les abandonnant lui et Faith, dans l'entrée.

— Comment vas-tu ? s'enquit-il poliment.

Pour sa part, il la trouvait en tout cas splendide, toujours aussi pulpeuse exactement là où il le fallait.

Elle fourragea dans son sac de cuir, en sortit sa pièce de puzzle. Il oscilla légèrement sur ses talons. Intéressant. Inutile d'être un pompier contraint de passer trop d'heures de permanence à la caserne à assembler des puzzles pour voir que cette pièce correspondait à celle qu'il avait dans la poche. Pour le coup, il ne ressentait plus du tout d'agacement à l'égard de cette stupide initiative de sa sœur. Dans ses veines, son sang se mit à bouillonner à la seule idée d'imbriquer son corps à celui de Faith.

Simple coïncidence ? Ou Sandy était-elle encore en train de jouer les entremetteuses ?

— Je vais bien, merci. Ravie de te revoir, Tate, mais, excuse-moi, il me faut me mêler aux autres invités et trouver ma moitié. Ne te prive surtout pas de la compagnie de tes charmantes compagnes pour moi.

Manière courtoise, mais glaciale, de l'envoyer sur les roses.

C'est alors qu'il sortit sa pièce de puzzle et l'approcha de la sienne.

— Pas la peine, ta moitié, c'est moi.

— Paire ! s'écria Sandy du salon, ce qui le conforta dans la théorie qu'il avait élaborée concernant ses intentions rien moins qu'innocentes.

Dieu bénisse les petites sœurs. Il était prêt à réviser tout ce qu'il avait jamais dit de peu charitable à l'adresse de la petite dernière de la famille.

— Tu sais ce que ça veut dire, Faith ?

Lui ôtant son verre des doigts, il le posa sur le meuble bas tandis que, remuant d'un pied sur l'autre, elle mordait sa pulpeuse lèvre inférieure, perplexe.

— Non.

— Que nous devons simuler l'imbrication de ces deux pièces de puzzle avec nos corps.

Et nom d'un chien, il avait hâte de le faire ! C'était tout juste s'il ne s'en frottait pas les mains de joie !

Les sourcils froncés, elle regarda sa pièce. Une pièce mâle, en saillie, alors que la sienne était une femelle, en mortaise. Toutes deux s'emboîtaient parfaitement, tout comme Faith et lui cette nuit-là.

Après quelques brèves secondes d'embarras, elle consentit à lever les mains en direction de ses épaules. Il l'enlaça d'un bras, le cœur déjà en émoi à la perspective d'accueillir son corps, souple et sensuel, contre le sien et...

Et c'est alors que, promptement, elle leva un genou en direction de son entrejambe. Il sentit son souffle se couper, tendu dans l'attente de la douleur.

Elle immobilisa son genou à quelques centimètres à peine de sa cible.

— Dois-je poursuivre ?

2

Faith fut satisfaite de constater le changement d'expression sur le visage de Tate. De séducteur et légèrement arrogant, le regard vert de serpent était devenu méfiant. Ignorant la fermeté et la chaleur des puissantes épaules masculines sous ses paumes, elle abaissa son genou et s'écarta avant que la tentation de fourrager les courts cheveux bruns ne devienne trop forte. Ou, pire, celle de l'embrasser passionnément.

Elle remarqua le muscle qui tressautait dans la mâchoire couverte d'une barbe naissante et sut que la démonstration avait été probante.

— Non, tu t'es très bien fait comprendre, dit-il finalement.

Deux ans plus tôt, elle était éperdument tombée amoureuse de lui lors de la fameuse semaine de préparation du mariage de son frère. Amère, elle avait vite compris que Tate, lui, jouait un jeu… ou du moins était-ce ce qu'elle avait appris en arrivant à l'église, au moment de s'habiller, en compagnie de la mariée et des autres demoiselles d'honneur. Elle les avait surprises en train de ricaner sur la réputation sulfureuse du pompier Tate Sumner. Il était, paraît-il, expert dans l'art d'amorcer de très sensuels feux à travers toute la ville, puis de parier sur laquelle des invitées du mariage capitulerait ce soir. Aucune ne savait que Faith venait justement de passer une nuit des plus torride dans son lit.

En quelques secondes, elle était passée de l'euphorie d'avoir cru trouver enfin l'homme idéal à la terrifiante prise de conscience qu'elle n'avait été qu'une conquête de plus pour Tate Sumner.

A en croire Sandy, les frasques de son frère étaient dues au fait que, de son adolescence à ses trente ans, il avait tenu lieu de figure paternelle à ses quatre jeunes sœurs suite au décès de leur père. Mais si elle avait encore eu le moindre doute à propos de l'intérêt de Tate pour une relation à long terme, le toast de ce dernier à l'adresse du marié le lui avait définitivement ôté :

« J'ignore quelle raison peut bien avoir tout homme qui n'est pas encore quinquagénaire de se contenter d'une seule femme, mais bonne chance, mon pauvre vieux et, à propos, si tu rends ma sœurette malheureuse, je te casse les deux jambes ! »

— Tu emménages en ville ?

Il la dévisageait de son regard direct, et elle se pétrifia, le cœur battant. Elle avait oublié les effluves si troublants qui émanaient de lui, et à quel point sa puissante carrure lui donnait l'impression d'être féminine, et protégée. En revanche, elle n'avait rien oublié de la force de ses bras lorsqu'il l'enlaçait, par contre, mais ce n'était pas faute d'avoir essayé ! Et encore moins que, tout comme son père, c'était un séducteur.

— Oui. Je tenais à être plus près de David, de Sandy et de ma future nièce. J'ai accepté un poste de médecin assistant à l'hôpital.

— Que dirais-tu de dîner avec moi demain soir ?

Elle manqua s'étouffer. Espérait-il donc qu'elle tombe dans son lit aussi aisément que la première fois ? Peu importait que Tate Sumner ait les yeux les plus verts, les plus sexy qu'elle ait jamais vus ou les mains les plus fortes, les plus habiles et surtout les plus *douées*. Elle n'était plus dupe de ses techniques de drague et n'avait aucune intention de se laisser de nouveau prendre à son sourire charmeur, aussi suave que ses paroles.

Aussi répliqua-t-elle :

— Non, merci, j'essaie de ne jamais répéter mes erreurs.

Il battit des cils — ces épais cils que n'importe quelle femme lui envierait —, mais sans jamais cesser de sourire.

— Tu ne sais pas ce que tu perds, Faith. Peut-être ne t'en souviens-tu pas, mais moi je me rappelle que toi et moi, c'était du tonnerre !

Elle ne pouvait s'empêcher de frémir aux intonations rauques de sa voix grave, mais résista vaillamment à la tentation.

— Peut-être ta mémoire te fait-elle défaut ? susurra-t-elle.

Fascinée, elle observa le lent mouvement de ses lèvres tandis qu'il esquissait un rictus narquois, ainsi que la fossette qui était apparue sur sa joue — une fossette qu'une nuit, elle avait tracée de la langue.

— Peut-être crains-tu, toi, de ne pas être à la hauteur de mes souvenirs ! répliqua-t-il.

Elle grinça des dents.

— Et peut-être surestimes-tu tes charmes, et que ses souvenirs ne valent pas la peine d'être revisités ! rétorqua-t-elle à son tour.

Là, le sourire s'évanouit.

— Je ne t'ai pas entendue te plaindre. En fait même, je jurerais que ce sont tes cris de plaisir qui ont poussé mon voisin à cogner sur le mur en hurlant de nous calmer ! Sans savoir qu'avec toi, c'était quasi impossible !

Elle sentit le rouge lui monter aux joues, mais s'enjoignit de ne surtout pas reconnaître que cet incident avait été le plus embarrassant et, tout à la fois, le plus hilarant de sa vie. Chaque détail de la scène était resté gravé dans son esprit. Lorsque le voisin s'était enfin arrêté de hurler, Tate l'avait ramenée de la cuisine à sa chambre, où ils avaient repris leurs ébats entre deux crises de fou rire silencieux. Jamais auparavant elle ne s'était autant amusée en faisant l'amour.

— C'est stupéfiant ce qu'une femme est prête à faire pour doper l'ego d'un homme, susurra-t-elle suavement. Si je m'en souviens bien, tu avais grand besoin d'un peu… d'encouragement.

Elle avait fait mouche : le regard vert s'assombrit.

— Nous avons fait l'amour trois fois en autant d'heures, pour l'amour du ciel ! T'attendais-tu à ce que je m'emballe comme un ado chaque fois ? Et je ne me souviens pas non plus que tu te sois plainte des prolongations ! grinça-t-il.

Sur quoi, il empoigna sa valise et se dirigea à grands pas vers la chambre.

Elle serra les poings et compta jusqu'à dix, furieuse contre elle-même. Etait-elle donc idiote ? Pourquoi le provoquait-elle ?

Sa vigueur avait assurément fait ombrage à tous ses précédents amants ! Et, oui, elle appréciait le fait qu'il ait très galamment retardé son plaisir jusqu'à ce qu'elle trouve le sien — et plusieurs fois. Et bon sang, pourquoi ne pouvait-elle oublier à quel point elle s'était sentie bien avec lui au lit et en dehors ?

Ravale ta fierté et ne fais pas de vagues, Faith ! Sandy vénère son frère, et David est la seule famille que tu te reconnais. Rejette Tate et ce sera peut-être toi qui te retrouveras rejetée !

— Tate, attends !

Elle le suivit jusque dans la chambre de Sandy et de David, ce qu'elle regretta aussitôt, car le seul fait de se retrouver à proximité de Tate et d'un lit lui donna l'impression de fondre. Oui, il avait été un amant extraordinaire. Certainement à force de pratique ! se remémora-t-elle amèrement.

— Mon cadeau pour le bébé est dans ma valise.

Elle fut stupéfaite de l'aisance avec laquelle il hissa la valise sur le lit comme si celle-ci n'avait nullement excédé la limite de poids de la compagnie aérienne. Après quoi il s'effaça pour qu'elle puisse s'approcher du lit, sans toutefois quitter la pièce. Elle le regretta aussitôt qu'elle ouvrit sa valise : sa lingerie était sur le dessus et, alors qu'elle fourrageait dans ses soutiens-gorge et slips aux couleurs vives afin d'atteindre le paquet auquel ils servaient de protection, elle sentit qu'il ne perdait rien du spectacle. Gênée, elle fourra un shorty rose — celui-là même qu'il lui avait arraché *de ses dents* cette nuit-là — tout au fond.

— Où se trouve la maison que tu achètes ? s'enquit-il.

Ce n'est qu'une fois le couvercle rabattu qu'elle se risqua à croiser son regard, non sans serrer nerveusement le paquet contre sa poitrine.

— Rocky Creek.

— Très agréable, comme quartier. Et c'est mon district. Caserne Six. Donne-moi ton adresse et je ferai en sorte que la section veille sur toi en cas de problème si je ne suis pas de service.

Prise au dépourvu, elle réfléchit à ses paroles, puis répliqua :

— Est-ce par pur dévouement professionnel, ou essaies-tu simplement de récupérer mon adresse ?

— Je pourrais la récupérer par Sandy ou David, mais c'est à toi que je la demande, objecta-t-il. Tu es de la famille, maintenant.

La famille. Chacun paraissait avoir sa propre définition du concept. Elle repoussa ses cheveux en arrière, et se remémora aussitôt bien malgré elle la sensation des doigts de Tate entremêlés dedans.

— Pourquoi ne peux-tu accepter que cette nuit-là était une erreur, et que je ne suis pas intéressée par une récidive ?

— Parce que quand tu mens, une petite rougeur apparaît, juste là !

D'un geste un peu brusque, il effleura le haut de son sternum, juste sous son médaillon. Elle sentit son souffle se bloquer et son pouls s'emballer. Son frère ne savait décidément pas tenir sa langue. Qui d'autre que lui avait pu trahir ce secret ? Ce réflexe révélateur avait été le fléau de son enfance. A cause de lui, elle se faisait toujours invariablement coincer !

Mais ce n'était rien en comparaison de ce qui allait suivre. Il venait de déposer ses doigts tièdes sur sa nuque, et elle se trouva instantanément incapable de réfléchir à quoi que ce soit. Puis il fit un pas en avant, comblant le peu de distance qui restait entre eux. La vive chaleur qui irradiait de son corps la frappa de plein fouet, tandis que sa fragrance boisée la plongeait dans une brume de sensualité.

— Oseras-tu prétendre que tu n'as plus jamais repensé à cette nuit-là ?

Et comment ! Hélas, impossible de formuler le mensonge. Elle avait, étrangement, l'eau à la bouche, et les lèvres sèches. Le peu de résistance qui lui restait s'évapora alors qu'il inclinait la tête. Elle tendit les mains vers son torse, sentit son cœur cogner sous sa paume, puis son souffle chaud effleurer ses lèvres une fraction de seconde avant que la bouche masculine s'empare de la sienne en un lent, nonchalant baiser. Il la goûta de ses lèvres, de sa langue, de ses dents jusqu'à ce que ses genoux la trahissent. Alors, il fit glisser sa main le long de sa colonne vertébrale, empoigna ses fesses et la plaqua fermement contre lui

Comment avait-elle pu oublier tant de virilité, et surestimer à ce point sa propre volonté ? Des frissons couraient sur sa peau, son ventre se nouait. Elle ne trouvait pas la force de le repousser et était sur le point de l'entraîner sur le lit de son frère pour se ridiculiser sans retour lorsque son bon sens se fraya enfin un chemin dans ses pensées.

Pour l'amour du ciel ! Reprends-toi ! Il est exactement comme ton père !

Elle s'arracha à l'étreinte et, d'un mouvement vif, se mit hors de portée.

— Toujours adepte des petits jeux, Tate ?

Avant qu'il ait pu répondre, Sandy déboula dans la pièce. Elle avait l'air d'être au bord de la nausée.

— Désolée, je crois que j'ai pris trop de guacamole. J'ai besoin de m'allonger. Tate, tu veux bien accompagner Faith à son hôtel ?

La mâchoire crispée, il lança à Faith un regard qui la transperça de part en part.

— Avec plaisir !

3

— Comment ça, ma réservation a été annulée ?

Faith paraissait au bord de l'hystérie, et Tate envisagea brièvement de désamorcer la situation, mais comme dans l'immédiat il se sentait plutôt d'humeur à se ronger les ongles, il craignait d'empirer les choses. Comment diable pouvait-elle s'entêter à ce point à nier l'attraction qui existait entre eux ? Bon sang, un baiser avait suffi pour qu'elle s'alanguisse dans ses bras ! Jamais il n'avait connu une si puissante alchimie avant ou depuis cette nuit-là, et ce n'était pas faute d'avoir cherché !

— Désolé, mademoiselle King. C'est le week-end de remise des diplômes des deux universités locales, et il est près de minuit. Puisque vous ne vous êtes pas présentée avant 19 heures comme prévu, nous avons cru que vous ne viendriez pas, et avons donc repris votre chambre, déclara la réceptionniste.

— Alors donnez-m'en une autre !

— Nous sommes à notre taux de remplissage maximum.

— Etes-vous en train de me dire que vous n'avez absolument plus aucune chambre de libre ? s'impatienta Faith avec une exclamation d'exaspération.

— En effet, mademoiselle.

— Trouvez-en une ! aboya-t-il, incapable de contenir plus longtemps son impatience.

L'employée sursauta.

— C'est que, monsieur…

Il se redressa de toute la hauteur de ses un mètre quatre-vingt-quinze et la toisa. Il n'avait pas l'habitude d'user de cet argument d'intimidation mais, de temps à autre, il s'avérait utile.

— Je vais essayer. Un instant, je vous prie.

Ayant décroché le téléphone, la femme passa plusieurs appels d'affilée cependant que Faith arpentait la longueur du comptoir de marbre. Il eut donc tout loisir d'admirer celle de ses jambes qu'exposait sa jupe juste au-dessus des genoux, et de se remémorer à quel point la sensation de les sentir enroulées autour de lui était exquise. Dix minutes plus tard, la réceptionniste s'éclaircit nerveusement la voix.

— Mademoiselle King ? La seule chambre que je trouve est au Streetside Motel.

— Je la prends, décréta Faith.

— Hors de question, intervint-il. L'endroit n'est pas du tout recommandable, Faith. Le Streetside loue des chambres à l'heure à ses habituées.

Elle fronça les sourcils comme si elle réfléchissait intensément au sens de ce qu'il venait de dire, puis elle le fixa, les yeux écarquillés.

— Tu parles de...

— Oui, je parle de prostituées.

Elle s'empourpra, puis abaissa vivement le regard sur ses chaussures.

— Soit. J'emprunterai le canapé de David.

— Tu pourrais aussi venir chez moi. Au moins, tu sais que mon lit est confortable, ironisa-t-il, incapable de résister à cette petite pique.

Non qu'ils aient beaucoup dormi cette nuit-là. Il ne dormirait pas plus s'il la savait de retour entre ses draps, seule, mais il venait de débuter sa rotation de repos de quatre jours. Il était prêt à rattraper ce manque de sommeil plus tard !

Elle se raidit et releva le menton.

— Je ne crois pas, non, dit-elle, les lèvres pincées.

— Alors ce sera le canapé de David, décréta-t-il avant d'empoigner la valise.

Il la chargea de nouveau à l'arrière de son pick-up, aida Faith à se hisser sur le siège passager, puis reprit la direction d'où ils venaient. Sept kilomètres plus loin, son portable sonna.

— Sumner.

— Tate, c'est David. Le travail de Sandy a commencé. Nous sommes en route pour l'hôpital.

Il sentit son estomac se nouer. Sa plus jeune sœur, le bébé de la famille, maman ! Ça alors ! Que le temps passait vite ! Il avait l'impression que l'époque où il était coincé à la maison à veiller de bien mauvaise grâce sur ses sœurs pendant que leur mère travaillait jour, nuit et week-ends pour subvenir à leurs besoins ne datait que d'hier ! Après le lycée, il s'était enrôlé pour une formation de pompier plutôt que d'aller à l'université comme il le prévoyait à l'origine. L'assurance vie de leur père s'était tarie et ils avaient besoin d'un salaire de plus. Il pensait alors rater toutes les joies de la vie pendant qu'il jonglait avec le double rôle de substitut maternel et paternel. L'effondrement de cet immeuble, l'année précédente, lui avait fait comprendre ce qui était vraiment important — la famille.

Il entendait en arrière-plan l'écho des gémissements de Sandy, et fut saisit par un sentiment d'impuissance. En tant que pompier, il était entraîné à secourir autrui dans les situations d'urgence et même, au besoin, à accoucher une femme si la situation l'exigeait, mais il y avait, de sa sœur, certaines parties qu'il préférait ne pas connaître.

— J'informe Faith et maman, annonça-t-il. Et, David, ta sœur dort chez moi ce soir. L'hôtel a zappé sa réservation.

A son côté, l'intéressée laissa échapper une exclamation indignée. Il transmit ses souhaits d'encouragement à Sandy, acheva la conversation avec son beau-frère, puis coupa la communication, avant de se tourner enfin vers elle.

— Sandy est en travail et en route pour l'hôpital. Je n'ai pas la clé de chez eux, et toi ?

Elle se pinça l'arête du nez, les yeux fermés.

— Non plus.

— Alors, à moins que tu aies une meilleure idée, tu passes la nuit chez moi ce soir.

— Non, pas de meilleure idée, concéda-t-elle, les épaules affaissées. D'accord pour chez toi, mais sur le canapé.

Sa mère et ses sœurs lui feraient la peau s'il se risquait à laisser dormir une invitée féminine sur son canapé, songea-t-il. Dommage que la première vive désormais en Floride avec sa sœur, et que Faith ne puisse utiliser la chambre d'amis de leur ancien pavillon !

— Pas question. Si tu refuses vraiment de partager mon immense lit *king size*, le canapé sera pour moi, déclara-t-il.

— Je refuse catégoriquement, répéta-t-elle. D'autant que, si je m'en souviens bien, tu dors en plein milieu !

Un rictus aux lèvres, il gara le pick-up sur sa place de parking attitrée, coupa le moteur, puis répondit :

— Seulement avec toi, Faith.

Il vit une expression incrédule passer sur son visage, alors qu'elle répliquait :

— Ne me dis pas que ce genre de baratin marche avec les autres, si ?

Il méritait le sarcasme. Deux ans plus tôt, il ne pensait qu'à prendre du bon temps, avant de réaliser que le célibat n'était pas aussi génial qu'il l'avait imaginé. Que Faith le sache ou pas, elle était la seule femme avec laquelle il avait jamais passé une nuit entière. D'habitude, il faisait ses adieux avant d'en venir à la maladresse du lendemain matin.

Il contourna le pick-up pour venir la rejoindre près de sa portière ouverte.

— Ce n'est pas du baratin.

Elle ignora la main qu'il lui tendait, rétorqua :

— Tu as la réputation d'allumer des feux au travers de tout Chapel Hill, Tate. En ce qui me concerne, tu perds ton temps.

— Moi ? Je suis pompier, objecta-t-il, perplexe. Les feux, je les éteins, je ne les allume pas !

— Avec les femmes, si, assena-t-elle, les lèvres pincées.

C'est alors qu'il comprit. Sa chère petite sœurette était vraiment trop bavarde ! Que lui avait-elle donc dit ?

— J'ai trente-quatre ans et je suis célibataire, lui fit-il remarquer. N'ai-je pas le droit d'avoir une vie privée ?

— Encore devrais-tu avertir les femmes concernées que tu ne cherches qu'à t'amuser avant de les ramener dans ta garçonnière de cuir et de chrome !

A cette pique, il crut que son cœur allait s'arrêter de battre, et il s'enquit :

— Espérais-tu davantage cette nuit-là, Faith ?

— Dans tes rêves, bleusaille !

Bleusaille. Le sobriquet des nouvelles recrues dans sa caserne.

— Je suis capitaine, aujourd'hui.

Balayant l'objection d'un geste, elle rejeta ses cheveux en arrière.

— Qu'importe ! Il est tard, je suis fatiguée.

Quant à lui, il se sentait en pleine forme. L'adrénaline courait dans ses veines, et il se dit que l'imminence de l'accouchement de sa sœur devait y être pour quelque chose… tout comme le retour de Faith.

— Alors, rentrons te border.

Ignorant le froncement de sourcils dont elle le gratifia, il souleva sa valise du hayon, puis la précéda en direction de son appartement. La dernière fois qu'il l'avait emmenée ici, ils étaient tous deux un peu éméchés à force de champagne et très excités après les quelques caresses enfiévrées qu'ils avaient échangées dans la voiture. Et elle était enroulée autour de lui comme une vigne vierge, les jambes accrochées à sa taille, l'extrémité de sa langue dans son oreille, lorsqu'il l'avait portée du parking droit jusque dans son lit. A deux doigts d'imploser dans l'ascenseur, il avait ensuite connu la nuit la plus déchaînée de sa vie. Dommage qu'aucune récidive ne soit au programme ce soir.

Mais il y avait encore demain.

4

Faith pénétra à contrecœur dans l'appartement de Tate. Tout lui était inconfortablement familier après leurs ébats d'il y a deux ans — le canapé, et même la cuisine lui rappelaient l'intense passion qu'ils y avaient partagée !

Elle ne trouvait aucun intérêt à revenir sur les lieux du crime. Le crime… quel crime ? Deux ans plus tôt, Tate lui avait dérobé son cœur, et aucune des nombreuses incursions qu'elle avait faites sur la scène des rendez-vous galants d'Atlanta depuis n'avait réparé les dommages.

Comment remplacer un homme apparemment capable d'anticiper vos moindres pensées, vos moindres besoins ? D'un autre côté, à en croire les demoiselles d'honneur de Sandy, il avait davantage d'expérience avec les femmes qu'un libraire avec les livres ! Anticiper leurs besoins était probablement une seconde nature, pour lui.

Elle hésita sur le seuil de sa chambre, les paumes moites et le sang en ébullition. Ce baiser imprévu, chez David, n'aidait en rien. Or il lui fallait survivre à ce week-end le cœur indemne et sa dignité intacte.

— Tu te rappelles où tout se trouve, n'est-ce pas ? s'enquit-il juste derrière elle.

Sa voix rocailleuse descendit le long de sa colonne vertébrale et lui fait le même effet que la caresse d'un doigt calleux. Elle frissonna, maudit la chaleur qui s'enroulait dans son abdomen et hocha la tête.

— Serviette, savon, n'hésite pas à prendre tout ce dont tu as besoin.

Elle ne put se résoudre à le regarder. Au lieu de quoi elle contempla la haute tête de lit de cuir noir, ainsi que l'épaisse couette de satin, noire elle aussi. Que de temps elle avait passé plaquée contre le premier, et lovée sous la seconde — d'abord en personne et plus tard, dans ses rêves !

— S'il te plaît, réveille-moi si David appelle avec des nouvelles de Sandy et du bébé, pria-t-elle.

— Bien sûr, mais ce ne sera probablement pas avant plusieurs heures, prévint-il, avant d'ajouter : Il y a des cintres vierges dans la penderie, et un tiroir disponible tout en bas, si tu souhaites défaire un peu ta valise.

L'intimité de la situation la mit mal à l'aise. Jamais elle n'avait vécu avec un homme.

— As-tu besoin de prendre une douche avant ? s'enquit-elle.

— Oui, j'apprécierais.

Il disparut dans la salle de bains adjacente.

Elle lutta pour chasser de ses pensées le bruit de ruissellement de l'eau et la vision du puissant corps nu sous le jet. Mais son esprit retournait invariablement au souvenir de sa peau ferme et lisse dans ses plus intimes détails. Sa respiration s'accéléra. Cette douche, ils l'avaient partagée ensemble, cette nuit-là. Elle était convaincue alors qu'il était l'homme de ses rêves. Comment avait-elle pu se tromper à ce point ?

Elle ouvrit sa valise, cacha sa lingerie dans le tiroir libre de la penderie. Ça ne lui ressemblait pas de se retrouver au lit avec le premier homme venu, mais les jours qui avaient précédé le mariage de David, elle avait été plus vulnérable que d'habitude. Les raisons en étaient que leur mère était décédée six mois plus tôt, que son trentième anniversaire approchait, et qu'elle voyait autour d'elle toutes ses amies se marier et accoucher à un rythme alarmant. David quittait la maison familiale, et elle se retrouvait seule. La goutte d'eau qui avait fait déborder le vase avait été l'écœurante requête de son père, quelques jours avant le mariage. Il souhaitait inviter son énième conquête à la cérémonie !

Elle se laissa choir sur le lit, enfouit son visage entre ses mains. Elle savait depuis ses douze ans que son père était un menteur et un coureur. Ses parents se disputaient souvent à ce sujet et, après chaque altercation, son père suppliait sa mère et jurait de ne jamais plus déraper. Chaque fois, sa mère pardonnait. Mais elle-même avait appris, toute petite déjà, à reconnaître la souffrance dans son regard. Ces incessantes trahisons étaient-elles la cause de la maladie qui l'avait emportée ?

La rencontre avec Tate avait été une révélation. Il paraissait si soucieux de sa famille, si dévoué à ses sœurs — l'antithèse même de son égoïste de père. Etait-ce l'éclatement de son univers qui l'avait rendue si perméable à son charme suavement ténébreux, au point de la rendre aveugle à ses manières de play-boy ? Un pompier digne de figurer sur un calendrier de beaux gosses devait assurément être habitué à voir les femmes se jeter à sa tête, et les deux blondes qui se disputaient son attention ce soir chez Sandy prouvaient qu'il aimait les femmes *au pluriel*, n'est-ce pas ?

La porte de la salle de bains s'ouvrit, et son hôte en émergea dans un nuage de vapeur. Son torse nu et ses larges épaules étaient couverts de gouttelettes, et ses cheveux mouillés, tirés en arrière. Drapée autour de ses hanches, une courte serviette exposait quasiment toute la longueur de ses longues et musculeuses jambes. Elle sentit sa bouche s'assécher, et son sang se remit à frémir. Dommage que l'alchimie, entre eux, ne se soit pas évaporée aussi vite que la bouffée de vapeur !

— Faith ? Est-ce que ça va ?

Elle devait faire une drôle de tête car il semblait sincèrement inquiet. Il traversa la pièce et vint s'immobiliser devant elle.

Quelle idiote elle était, de désirer un homme si charismatique ! Tout comme son père, Tate était aussi beau qu'un acteur de cinéma. Et, tout comme son père, il travaillait de longues heures en dehors de chez lui. Pourrait-elle jamais lui faire confiance ?

Question rhétorique. Il n'aspirait nullement à se projeter dans l'avenir, juste à vivre l'instant.

— Je suis simplement très fatiguée.

— Tu es sûre ?

S'asseyant à côté d'elle, il enroula ses longs doigts autour d'un de ses genoux. Elle sentit aussi sa peau s'enflammer à l'endroit où il venait de la toucher. La sollicitude, dans ses yeux, était-elle réelle ? En cet instant, elle n'osait se fier à son jugement, mais comme elle regrettait de ne pouvoir appuyer sa tête sur la large épaule humide. David lui avait-il touché deux mots des infidélités répétées de leur père ?

Le cœur lourd, elle se redressa, ce qui fit retomber la main de Tate.

Il l'imita.

— Appelle si tu as besoin de quoi que ce soit... de quelqu'un pour te frotter le dos, par exemple.

La lueur taquine, dans le regard vert, la fit frémir. Seigneur, sa jugeote n'avait-elle donc aucun impact sur ses sens ?

— Bonne nuit, Tate.

Dès qu'il eut franchi le seuil, elle se rua sous la douche où elle ne resta que quelques minutes, s'efforçant d'oublier que, quelques instants plus tôt, il se trouvait lui aussi nu entre les parois de verre. De retour dans la chambre, elle éteignit aussitôt la lampe de chevet, et l'obscurité l'engloutit. Une fois entre les draps, elle sentit son odeur l'envelopper. Son pouls s'emballa.

Les yeux fermés, elle attendit de sombrer dans un sommeil qui tarda à venir.

— Faith...

La grave voix de Tate la ramena vers la conscience. Une odeur de café flottait dans l'air. Venaient-ils de nouveau de faire l'amour dans la cuisine ? La dernière fois, elle avait par mégarde renversé la boîte à café d'un coup de pied, et tous les grains s'étaient déversés sur le comptoir...

Elle enfonça davantage sa tête dans l'oreiller.

— Mmm. Pas encore. Ton voisin va se plaindre...

— Faith ! répéta-t-il, de manière plus brusque, plus insistante, cette fois.

— Es-tu donc insatiable ? Va-t'en, Tate, marmonna-t-elle d'un ton pâteux.

Une main lui secoua l'épaule.

— Faith, réveille-toi ! Le bébé est né.

Là, elle ouvrit les yeux et roula sur le dos. Un rai de soleil filtrait par un interstice des rideaux, aveuglant. Tate était assis au bord du lit, derrière elle. Elle rêvait. Seigneur, qu'avait-elle dit ?

Elle ramena vivement la couette sous son menton.

— Quoi ?

Une ombre de barbe assombrissait sa mâchoire, et ses cheveux étaient en bataille, comme s'il venait à peine de se réveiller, lui aussi. Il était... à croquer !

— Notre nièce est arrivée. Veux-tu aller faire sa connaissance ?

Elle comprit enfin.

— Anna est là ?

— Eh oui, Anna et ses trois kilos ! précisa-t-il avec un sourire mutin et oh... si sexy !

Elle se redressa d'un bond et l'étreignit, dans un élan impulsif. Aussitôt, la chaleur incandescente de son torse nu traversa la soie de sa nuisette. Elle s'écarta vivement comme si elle venait d'être brûlée. Mais, encerclant sa taille, les puissantes mains masculines l'empêchèrent de prendre la fuite. Les yeux verts, plus sombres, transpercèrent les siens. L'air, dans ses poumons, cessa de circuler.

Pourquoi l'affectait-il ainsi, lui et personne d'autre ? Et pourquoi ne pouvait-elle se résoudre à vivre un jour après l'autre, comme certaines autres femmes, plus libérées, sans exiger de promesses de lendemain ?

Parce qu'elle aspirait plus que tout à une famille à elle...

— Tate...

— Chuuut...

La bouche masculine se posa sur la sienne. Il effleura, taquina, mordilla ses lèvres jusqu'à ce qu'elle les entrouvre, après quoi le baiser se fit dévorant. Brûlant. Moite.

Résolue à le repousser, elle glissa les mains sur son torse mais, comme s'ils étaient mus par une propre volonté, ses doigts se retrouvèrent noués à ses courts, épais cheveux. Puis elle se retrouva plaquée sans vergogne contre les puissants pectoraux.

Sans cesser de dévorer sa bouche, il laissa errer ses mains sur son dos, sa taille et, finalement, sa poitrine palpitante. Elle exhala une plainte sourde lorsqu'il entreprit d'en palper la chair. Un nœud de désir se forma entre ses jambes. La nuit précédente, avant de s'endormir, elle avait fait toute une liste des raisons pour lesquelles leur liaison ne devait pas renaître de ses cendres. En cet instant, elle ne se souvenait d'aucune.

De l'ongle, elle suivit la courbe des muscles de son dos, et fut ravie de le sentir frissonner de plaisir.

Il la renversa sur l'oreiller, s'inclina sur elle. Attrapant un mamelon entre ses lèvres, il le suça au travers de la nuisette tandis qu'une de ses mains remontait le long d'une jambe, et s'insinuait au cœur de son intimité. Il en caressa la moiteur avec dextérité, jusqu'à ce que les braises qui y couvaient s'embrasent en flammes de désir. Le souffle court, le corps tendu à l'extrême, elle porta les deux mains à sa mâchoire rugueuse et l'attira désespérément à elle pour un baiser.

Il s'exécuta, l'embrassa longuement, profondément puis s'écarta.

— Je préférerais, tu le sais, passer la matinée ici avec toi mais j'ai promis à David que nous leur apporterions de quoi déjeuner dans l'heure. Je serai tout à toi cet après-midi.

Et dire qu'elle s'était juré de garder sa dignité intacte !

5

Décidément, il ne comprendrait jamais les femmes. Ce matin, Faith était prête à se donner à lui. Cet après-midi, la reine de glace était de retour. Du déjà-vu ! Mais son rejet, et la confusion qui allait avec n'avaient pas suffi à calmer la pulsation persistante, sous sa braguette.

Dans la chambre d'hôpital de Sandy, il berça sa minuscule petite nièce, et éprouva le même réflexe protecteur que chaque fois que son père lui avait mis dans les bras, l'une après l'autre, ses petites sœurs. Egalement mariées, les premières s'étaient éparpillées à travers tout le pays pour poursuivre leur carrière ou suivre leur mari, bien trop loin pour qu'il leur serve de tonton gâteau le jour où elles auraient des enfants.

Même s'il avait longtemps attendu le moment où il ne se sentirait plus responsable vis-à-vis d'elles, aujourd'hui qu'elles étaient parties, il supportait mal de ne plus être continuellement sollicité par elles. Ne plus être utile lui manquait. Un jour ou l'autre, il apprécierait d'avoir des enfants à lui, mais encore lui fallait-il pour cela trouver une femme qui veuille bien de lui — une femme qui l'attirerait intellectuellement, le ferait rire, et mettrait le feu à ses draps. Deux ans plus tôt, il n'était pas prêt. Aujourd'hui, si.

Faith était-elle cette femme ? Il croisa son regard, et il manqua s'étrangler en surprenant une expression nostalgique dans son clair regard bleu. *Cela*, il le comprenait. Faith voulait un bébé. Et, d'après ce que David lui avait dit de son travail avec les enfants en tant que médecin assistant, il ne doutait pas qu'elle ferait une bonne mère.

Il traversa la pièce, s'immobilisa devant elle.

— Veux-tu dire au revoir à Anna avant que nous ne partions pour que David et Sandy puissent dormir un peu ?

Faith se saisit du bébé. Leurs mains s'effleurèrent, et une décharge d'électricité le parcourut. La fillette dans ses bras lui gazouilla des mots doux et il sentit quelque chose en lui lâcher prise. En cet instant, il sut qu'il voulait devenir le père de ses enfants. Il comprenait mieux son propre père qui lui avait affirmé s'être épris de sa mère au premier regard. L'amour pouvait-il expliquer ces puissantes oscillations entre attraction et rejet, entre Faith et lui, depuis leur rencontre ? Il avait la ferme intention de le découvrir avant que le soleil se couche !

Il déposa un baiser sur la joue de sa sœur, serra la main de son beau-frère.

— Félicitations ! Elle est magnifique. N'hésitez surtout pas à m'appeler si vous avez besoin de quoi que ce soit.

La poigne de David se resserra autour de ses doigts. S'inclinant vers lui, ce dernier déclara à voix basse :

— Tu te souviens de ton toast, à notre mariage ? Idem : si tu rends ma sœurette malheureuse, je te casse les jambes !

Surpris, Tate eut un léger mouvement de recul. Il interrogea sa sœur du regard : celle-ci levait le pouce en signe de victoire. Oh, oui, encore à jouer les entremetteuses !

— Ce n'est pas dans mes intentions, affirma-t-il en retour.

Ce qui l'était, par contre, c'était d'aller au fond des choses en ce qui concernait l'attitude si fluctuante de Faith !

Il l'escorta jusqu'à son pick-up, s'engagea tout d'abord en direction de son appartement puis, à la vue du pli, sur son front, et des cernes de fatigue, sous ses yeux, obliqua plutôt en direction du lac.

— Où allons-nous ? demanda-t-elle, étonnée.

— Je suis en train de me dire que tu apprécierais peut-être une promenade en barque. Deux fois par semaine, si le temps le permet, je rame. L'exercice m'aide à purger mon cerveau de ce qui l'encombre et à réfléchir.

Le pont d'embarcation était désert en ce jour nuageux. Il gara son pick-up, loua une embarcation, puis rama jusqu'au milieu du lac. Là, au moins, Faith ne pourrait fuir ses questions.

— Tu m'as tout l'air d'avoir eu un bon contact avec Anna.

C'était elle qui, face à lui à la proue, venait de briser le silence.

— Des années de pratique, expliqua-t-il, avant d'enchaîner de but en blanc : Pourquoi ne t'es-tu pas, toi, encore mariée pour fonder ta propre famille ?

Elle lui renvoya un regard surpris.

— J'ai été très occupée avec mon internat, et je n'ai pas encore rencontré d'homme qui me conviendrait.

Etait-il cet homme-là ? Il reconsidéra les jours qui avaient conduit au mariage de Sandy et David. Faith et lui avaient été de fait imposés l'un à l'autre dans le cadre de la plupart des événements. Il s'attendait à ce que ce soit une corvée. Au lieu de quoi, il s'était découvert accro à ses sourires et à son rire, et plus encore à sa conversation enlevée, stimulante. Prendre congé d'elle chaque soir était devenu de plus en plus difficile, jusqu'à ce qu'ils finissent par passer le tout dernier ensemble.

Aujourd'hui, l'alchimie entre eux était aussi forte que jamais. Chaque contact, chaque regard l'ébranlait. Oh, oui, il était l'homme qui convenait à Faith King, et si la prendre en traître était le seul moyen pour qu'elle l'admette aussi, qu'il en soit ainsi.

— Viens là.

Elle arqua les sourcils.

— Pardon ?

— Viens t'asseoir ici. Tu verras à quel point c'est relaxant de ramer.

Il se recula sur l'assise, lui aménageant un espace entre ses jambes écartées. Un peu brusque, le mouvement fit osciller l'embarcation et, avec une exclamation étouffée, elle s'agrippa des deux mains aux rebords.

— Je ne pense pas que…

— Ne pense pas et viens là. C'est un excellent exercice, bien meilleur que ces machines que vous autres filles de la ville utilisez dans vos clubs !

Sans se départir d'une expression méfiante, elle se glissa

avec précaution de son siège au sien, pivota, puis s'inséra dans l'espace prévu.

— Pas d'entourloupe, hein ?

— Ça ne me viendrait même pas à l'idée, affirma Tate, non sans inspirer brièvement comme le postérieur de la jeune femme effleurait son entrejambe, en même temps que le parfum de fraise de son shampooing lui chatouillait les narines. Attrape les rames, juste au-dessus de mes mains.

Elle s'exécuta, le dos aussi rigide que de l'acier.

— Et maintenant ?

— Suis mes mouvements, et prends la relève quand tu t'en sentiras capable. Ne lâche jamais les rames, sinon elles risquent de s'extraire des dames de nage et de tomber dans le lac. Nous nous retrouverions échoués ici, en plein milieu.

L'encadrant de ses bras nus et de ses jambes, il reprit ses mouvements. A chaque va-et-vient, son torse effleurait son dos, et son sang battait à ses oreilles. Lorsqu'elle prit la direction des opérations, il posa les mains sur sa taille, ce qui la fit instantanément se raidir.

— Continue à ramer, Faith.

— J'ai dit pas d'entourloupe ! protesta-t-elle d'une voix mal assurée.

De ses pouces, il remonta en un lent massage le long de sa colonne vertébrale. Eloquent, il prit son frisson pour l'encouragement dont il avait besoin et, inclinant la tête, il écarta le col de son chemisier et déposa un baiser appuyé sur l'arrondi de son épaule. Elle ne se déroba pas.

— Tate…

— Chuuut. Rame.

Ignorant sa protestation, il repoussa ses cheveux, puis lui mordilla le lobe de l'oreille. Elle eut un hoquet de surprise.

— Garde un rythme constant sinon nous tournerons en rond. Et ne perds pas les rames…

— Ce n'est pas loyal ! protesta-t-elle dans un murmure.

Abandonnée contre lui, elle crispa les doigts sur les manches de bois jusqu'à ce que ses jointures en blanchissent.

— Pourquoi fais-tu ça ? Pourquoi moi ?

— Parce que tu fonds dans mes bras chaque fois que je te touche et que, Faith, tu me fais le même effet, susurra-t-il à son oreille.

Elle tourna la tête, et il lut l'incertitude dans son regard. Comment pouvait-elle douter de ce qu'elle lui inspirait, de ce qu'ils s'inspiraient l'un à l'autre ? Il remua sur l'étroit siège de manière à ce qu'elle s'aperçoive de son érection. Elle eut un hoquet de surprise, écarquilla les yeux, puis s'inclina avidement à la rencontre de ses lèvres. Conscient de se trouvé exposé aux yeux de tous, il conserva les mains sur sa taille alors qu'il brûlait plutôt de remonter ses paumes le long de ses longues jambes lisses, jusque sous l'ourlet de son short, ou de s'emparer de ses seins. Leurs langues s'accrochèrent en un sensuel duel, puis elle lui mordilla la lèvre inférieure.

Soudain, un choc lui fit rejeter la tête en arrière. Ils venaient de heurter la berge. Au-dessus d'eux, les branches d'un saule pleureur leur procuraient un fin voile d'intimité, mais pas assez pour ce qu'il avait en tête. Approfondissant le baiser, il remonta les mains jusqu'à ce que ses pouces taquinent les dessous de ses seins. Elle s'arqua contre lui.

— Retournons chez moi.

Elle hésita, et il s'attendit à ce qu'elle le rejette.

— D'accord.

— Tu es sûre ? insista-t-il. Faith, si je te ramène chez moi, je n'aurai pas de paix jusqu'à ce que je sois en toi !

Les yeux clos, elle exhala un soupir tremblant entre ses lèvres enflées de leur baiser. Lorsqu'elle releva les paupières, il lut une telle passion dans son regard qu'il faillit tout envoyer au diable et ne pas attendre. Il la voulait. Ici. Maintenant. Et tant pis pour les conséquences !

Elle s'humecta les lèvres.

— Oui, sûre.

Résistant à la folle impulsion de la faire basculer sous lui, Tate agrippa de nouveau les rames.

— Alors allons-y, mais, d'abord, fais-moi plaisir : retourne à l'avant. Sans quoi nous risquons de terminer l'après-midi en tôle pour exhibitionnisme alors que je préférerais nettement le passer avec toi dans mon lit !

6

En voyant Tate bercer si tendrement la petite Anna dans ses bras, Faith avait ressenti un manque si douloureux qu'elle ne pouvait le nier. Et sur le lac, juste un peu plus tôt, ce manque avait eu pour écho le désir physique le plus puissant qu'elle ait jamais connu — plus puissant encore que lors de leur première rencontre.

Qui était le véritable Tate Sumner ? Deux ans plut tôt, lorsqu'elle avait cru rencontrer l'homme de sa vie, elle s'était laissé emporter dans son univers et, grâce à lui, elle s'était sentie comme chez elle parmi la foule des inconnus rassemblés à l'occasion du mariage de David. A ses côtés, elle s'était cru, aussi, la femme la plus intelligente et la plus désirable de la planète, et il lui avait fait l'amour au point qu'elle ne parvienne même plus, épuisée qu'elle était, à soulever sa tête de l'oreiller. Elle aspirait désespérément à éprouver de nouveau cette sensation, celle d'appartenir à un endroit et à quelqu'un. Oserait-elle en prendre le risque ?

Mais… si le véritable Tate était le séducteur qu'avaient décrit Sandy et ses demoiselles d'honneur ? Il savait comment faire vibrer la corde sensible des femmes, et aussi jouer sur plusieurs tableaux. N'avait-il pas, au mariage, dansé avec toutes les femmes en dessous de quatre-vingts ans, et porté un toast où il déclarait ne pas comprendre qu'un homme de moins de cinquante ans envisage de ne plus se contenter que d'une seule femme ? Tout comme son père, il n'avait aucune notion de ce qu'était la fidélité.

L'un était l'homme de ses rêves, l'autre un train express pour le chagrin d'amour. Quand le vrai Tate Sumner se montrerait-il enfin ? Avait-elle été l'objet d'une hallucination lorsqu'elle avait cru percevoir en lui quelqu'un d'attentif à sa famille ? Pouvait-elle se fier à son instinct, ou était-elle complètement aveuglée par leur puissante attirance réciproque ? Pouvait-elle s'engager dans une prudente relation avec lui, tout en protégeant son cœur ? Comment le savoir si elle n'en prenait pas le risque ?

Hélas ! elle avait tant vu sa mère souffrir des incartades de son père que cette seule éventualité l'épouvantait.

Tate se gara sur sa place de parking, puis coupa le contact. Elle ravala une boule de nervosité dans sa gorge. Ne pas prendre de risque signifiait qu'elle devait mettre tout de suite le holà à leur projet d'exploration amoureuse. Mais... et s'il était réellement l'homme de sa vie, et qu'elle laissait passer l'occasion ?

Pivotant sur son siège, il la dévisagea d'un regard si brûlant et si intense qu'elle cessa de respirer. Il lui caressa la mâchoire d'une main légèrement calleuse, et elle frissonna. Il avait réussi à la faire fondre de désir.

— Tu as changé d'avis ?

Contradictoires, ses émotions la paralysaient presque. Elle humecta ses lèvres, ravala ses doutes.

— Non.

Il emmêla ses doigts à ses cheveux puis l'attira à lui, dans un baiser si ardent que toutes ses réserves s'éparpillèrent. Elle enroula les doigts autour de ses biceps musclés, s'abandonna contre son torse, et s'enivra de la pression de ce dernier contre ses seins à la sensibilité exacerbée.

Il s'écarta avec un grognement.

— Pas ici !

Il la tira au travers de la banquette de manière à ce qu'elle sorte de son côté du véhicule. Main dans la main, ils se hâtèrent en direction de son appartement. Aussitôt la porte refermée, il la plaqua contre le mur, et l'embrassa avec tant de fièvre qu'elle sentit ses genoux se dérober sous elle. Alors, il la souleva dans ses bras et, sans s'arracher à ses lèvres, l'emporta dans sa chambre, où il la reposa à terre devant le lit. Son regard vert rivé au sien, il attrapa l'ourlet de sa chemise et se la passa au-dessus de la tête.

Elle lui répondit en faisant les mêmes gestes en retour et ôta chemisier, short et chaussures. Son cœur s'emballait tant qu'elle en était étourdie de désir. Cet impérieux besoin de se dévêtir était si peu en adéquation avec sa circonspection habituelle. Une fois en soutien-gorge et slip, elle hésita. Etait-elle assez forte pour supporter la souffrance d'aimer Tate, et de le perdre ensuite ? « Seigneur, pria-t-elle en son for intérieur, faites que ce ne soit pas une erreur. »

Tel un feu à combustion instantanée, le regard de Tate balaya son visage, ses seins, ses jambes, avant de remonter en sens inverse.

— Tu es encore plus belle que dans mon souvenir.

Elle sentit sa respiration s'accélérer. Elle avait tant besoin de croire que ce n'était pas une phrase toute faite !

— Je ne suis pas belle.

— Tu devrais voir ce que je vois, rétorqua-t-il d'une voix rocailleuse qui la fit trembler.

Elle caressa des yeux ses larges épaules, sa taille étroite et ses abdominaux sculptés, puis suivit le sombre sillon qui, le long de l'abdomen, descendait en direction de la longue, dure arête tout juste contenue par le caleçon. Au-dessus, sur le haut de sa cuisse droite, une cicatrice de la taille d'une paume fit trébucher son cœur. Une brûlure ? Par réflexe professionnel, elle se demanda s'il avait été atteint par le feu lors d'une intervention. La peau endommagée était rose vif, pas rouge. Pas récente, mais pas assez ancienne pour s'être entièrement décolorée.

Avant qu'elle ait eu le temps de l'interroger, il l'avait prise et dans ses bras et elle se sentit enveloppée comme dans un cocon de chaleur.

Il dévora sa bouche avec une ferveur qui lui coupa le souffle, tandis que ses mains laissaient, dans leur sillage, sa peau hérissée de chair de poule. Elle laissa errer ses paumes de son dos musculeux à ses fesses, extraordinaires. Avec une plainte sourde, il planta une traînée de baisers à pleine bouche le long de son cou, puis traça de la langue le contour d'un des bonnets de dentelle de son soutien-gorge. Une seconde plus tard, le soutien-gorge volait dans les airs, et la bouche masculine fondait sur son mamelon. Elle enfouit les doigts dans ses cheveux, lutta pour ne pas vaciller sous l'implacable assaut du désir.

Sûrement, une alchimie aussi puissante ne pouvait être une erreur ?

Le caleçon qu'il portait encore frustrait douloureusement le besoin qu'elle avait de le toucher. Elle tira le vêtement en bas de ses hanches, encercla sa brûlante virilité de ses doigts. Tate inspira brièvement entre ses dents, puis fit descendre son string le long de ses jambes et, d'une main assurée, plongea dans sa moiteur avec une expertise confondante, dévastatrice. En quelques instants, ses habiles caresses l'amenèrent au bord de l'extase, l'y retinrent l'espace de quelques secondes, puis l'y firent implacablement basculer. Alanguie contre lui, elle s'agrippa à ses épaules avec une longue, tremblante plainte sourde.

Déposant un brusque, bref baiser sur sa bouche, il s'écarta un peu afin de se munir, dans le tiroir de la table de chevet, d'un préservatif, qu'il enfila prestement. Puis il se laissa retomber sur le lit, sur le dos, et l'attira sur lui. Les cuisses autour de ses hanches, elle se positionna au-dessus de son érection, puis oscilla tout contre, joueuse. Il arrêta ses mouvements de hanches de ses doigts posés, possessifs, sur ses fesses.

— Faith, tu me tues. J'ai besoin d'être en toi, là, tout de suite, marmonna-t-il entre ses dents serrées.

Jamais elle n'avait eu d'amant qui la fasse se sentir aussi puissante, féminine, ou désirée. Elle se laissa glisser le long de son sexe tendu avec une insupportable lenteur, centimètre après centimètre. Le grondement de Tate noya la plainte qu'elle exhala lorsque, enfin, il fut entièrement en elle. Les mains masculines se crispèrent sur ses hanches, tandis qu'il s'arc-boutait en un va-et-vient de plus en plus profond, de plus en plus rapide, puis remontèrent s'emparer de ses seins, qu'il malaxa jusqu'à ce qu'elle se sente aussi tendue qu'un ressort de montre.

Elle s'arqua, les mains agrippées à ses épaules, et s'abandonna à la montée du plaisir. Les doigts enfouis dans ses cheveux, il l'attira à lui dans un baiser ravageur, au rythme de ses hanches, puis glissa une main entre leurs deux corps joints. Elle se sentit grimper de plus en plus haut au rythme de sa caresse jusqu'à ce que, à la cime du plaisir, elle bascule en chute libre dans l'extase. Avec un sursaut, il exhala une plainte sourde, saisi à son tour de violents spasmes de plaisir.

Elle sentit ses muscles, trop brusquement relâchés, la trahir, et elle bascula sur lui. Il lui nicha la tête dans le creux de son épaule, puis déposa un baiser sur son front. A l'exception de leurs respirations encore un peu laborieuses, la pièce retomba dans le silence.

Lorsqu'ils étaient ainsi, dans les bras l'un de l'autre, elle pouvait presque oublier ses doutes et ses craintes. Oserait-elle se risquer à croire qu'un charmeur tel que Tate puisse demeurer fidèle ?

Au-dessus d'elle, le ventilateur à pales rafraîchit peu à peu sa peau en sueur, et son pouls reprit son rythme normal. La respiration de Tate s'apaisa, puis se fit régulière, égale.

Avait-elle trouvé son âme sœur, ou n'était-ce qu'un bref affolement d'hormones ? Elle pouvait presque entendre sa meilleure amie rétorquer : « Et alors, qu'est-ce qu'il y a de mal ? » Rien, à condition qu'elle n'oublie pas que ce n'était que temporaire. Or elle ne voulait pas de temporaire. Elle voulait fonder une famille. Elle voulait du toujours. Et elle voulait les deux avec Tate.

Cette prise de conscience l'effrayait, la rendait vulnérable. Elle ne souhaitait pas traverser la vie seule, mais aimer un homme tel que Tate signifiait à coup sûr qu'elle s'exposerait à la souffrance, à la perte ou à la trahison.

Elle descendit une main le long de son torse jusqu'à la brûlure, sur sa cuisse. Quoique superficielle, et pas du tout disgracieuse, elle était un avertissement — le douloureux rappel que, même si Tate n'était pas, ou plus, un séducteur, elle pouvait tout de même le perdre. Cette cicatrice était la preuve qu'il pouvait lui être arraché à tout instant, et que l'amour, émotion fluctuante, n'offrait aucune garantie de bonheur.

Oserait-elle se risquer à perdre son cœur et à s'exposer à cette souffrance ?

Le poids, dans sa poitrine, lui indiqua qu'elle l'avait déjà fait.

Etait-il déjà trop tard pour réparer les dégâts ?

7

Tate roula sur le dos dans son lit. Vide. Il plissa les yeux, consulta son réveil. Nom d'un chien, il avait dormi comme une souche pendant des heures !

Il rejeta la couette, s'assit.

— Faith ?

Aucune réponse. Où était-elle ? Il se traîna hors du lit, vérifia la salle de bains, la cuisine, puis le balcon, à la vue plongeante sur la piscine. Aucune trace de Faith. La même palpitation troublante, implacable, que celle qu'il avait eue avant d'entrer dans le bâtiment qui s'était effondré sur lui lui glaça les entrailles. L'intuition ? Il revint sur ses pas, regarda dans sa penderie, en ouvrit le premier tiroir. Ses affaires n'étaient plus là !

— Bon sang ! Ce régime de douche écossaise devient usant, à la longue ! jura-t-il tout haut.

Il tira sur les rideaux. Elle devait avoir pris un taxi, car son pick-up était toujours là. Comment diable avait-il pu dormir sans l'entendre préparer cette fuite ? Sans doute à cause de trop de tours de garde de vingt-quatre heures à couvrir les soirées de fin d'année des fraternités étudiantes !

Il sortit son téléphone portable de la poche de son pantalon, abandonné à terre près du lit, et composa le numéro abrégé de David.

— Faith est-elle avec toi ? s'enquit-il aussitôt que son beau-frère décrocha.

— Non, je ne l'ai pas revue depuis que vous êtes partis ensemble hier. Qu'as-tu fait à ma sœur, Tate ? accusa aussitôt David.

Il comprenait sans peine sa colère et, avec un soupir, massa de sa main libre le nœud de tension qui se formait peu à peu dans sa nuque.

— Rien, affirma-t-il, non sans s'abstenir d'ajouter : *à part tomber amoureux d'elle !* Appelle sur mon portable si tu as des nouvelles. S'il te plaît.

— Trouve-la !

— Tu peux compter sur moi.

Il coupa la communication, puis refit le tour de son appartement, cette fois en quête d'indices. Où avait-elle bien pu aller ? Il trouva, sur le comptoir de la cuisine, l'annuaire ouvert à la section S des hôtels, et jura. La réceptionniste n'avait-elle pas dit qu'à cause de toutes les cérémonies de remise de diplôme en cours, seul le sordide Streetside Motel disposait encore de chambres libres ? Faith était-elle donc prête à se mettre en danger pour lui échapper ?

Il décrocha de nouveau le téléphone et, cette fois, contacta un copain officier de police qu'il connaissait depuis le lycée. Cette requête lui vaudrait des mois de mise en boîte, mais il n'avait aucune autre idée.

— Jay, j'ai besoin que tu me rendes un service. Ma belle-sœur s'est euh, hum... enfuie. Son nom est Faith King. Trente et un ans, cheveux blond vénitien, yeux bleus, taille moyenne. Commence par le Streetside Motel.

— A-t-elle fait quelque chose d'illégal ?

Leurs furtives rencontres pouvaient-elles être qualifiées d'accrochage avec délit de fuite ? Son cœur, en tout cas, lui donnait bel et bien l'impression d'avoir été renversé !

— Rien qui te concerne vraiment.

— Veux-tu que je la ramène au poste ?

— Non. Contente-toi de la localiser et ne la laisse pas repartir avant que j'arrive. Et pour l'amour du ciel, si elle est là-bas, assure-toi qu'elle ne craint rien !

Trente minutes plus tard, il garait son pick-up derrière la

voiture de patrouille de Jay dans le parking du motel. Son ami le conduisit à l'arrière, encore plus miteux, du bâtiment.

— Elle s'est enregistrée il y a une heure et demie. Chambre six.

— Je te revaudrai ça, mec.

— Une pizza et une bière devraient couvrir ta dette, mais t'as intérêt à me donner tous les détails plus tard ! D'habitude, tu es moins rentre-dedans que ça avec les filles ! ironisa Jay avant d'inviter Tate à s'écarter de la porte à la peinture écaillée. Mets-toi de côté, Sumner. Si tu l'as contrariée, elle ne t'ouvrira pas, alors qu'à moi, si.

Avec un soupir, Tate s'aplatit contre le mur quelques pas plus loin. D'ici une heure, tout le monde saurait à Chapel Hill qu'il s'était ridiculisé à cause d'une femme. Mais Faith en valait amplement la peine. Etait-ce cela, l'amour ? Comment expliquer, sinon, le sentiment de désastre imminent qui serrait ses entrailles ?

— Marché conclu, répondit-il à Jay.

— Et ne fais rien de stupide, sans quoi, ami ou pas, je t'embarque ! décréta Jay en guise d'ultime avertissement, avant de frapper du poing sur la porte.

Celle-ci ne tarda pas à s'ouvrir, et Tate entendit la chaîne de sécurité se tendre avec un cliquetis. Au moins, elle avait eu le bon sens de s'en servir !

— Faith King ? demanda Jay.

— Oui.

Tate détesta la note de peur qu'il perçut dans sa voix. Il avait oublié à quel point le visage anguleux, presque rébarbatif de Jay pouvait faire passer les brutes d'un parrain de la mafia pour des enfants de chœur !

— Veuillez sortir, s'il vous plaît, mademoiselle King.

— Y a-t-il un problème, officier ?

— C'est ce que je cherche à déterminer.

La porte se referma. La chaîne cliqueta, puis la porte se rouvrit. Elle s'avança sur le trottoir craquelé. Tate sentait son cœur se contracter violemment dans sa poitrine. Elle tourna la tête et écarquilla les yeux en l'apercevant.

— Qu'est-ce qui se passe ? Est-il arrivé quelque chose à David, Sandy ou Anna ?

— Votre famille va bien, mais M. Sumner, ici présent, désire vous parler, déclara Jay avec un geste en direction de Tate.

Il vit ses traits de détendre, puis son expression se fermer.

— Je ne crois pas que M. Sumner et moi ayons quoi que ce soit à nous dire.

Il ravala tant bien que mal douleur et colère.

— Tu ne pourras pas fuir éternellement, Faith.

Elle releva le menton, ce qui exposa, à la base de sa gorge, la roseur révélatrice de sa gêne.

— Je ne fuis pas !

Ils furent interrompus par le crépitement de la radio de Jay.

— Pouvez-vous poursuivre seuls, à présent, tous les deux ? demanda le policier. J'ai un appel.

— Oui. Encore merci, Jay, répondit distraitement Tate.

— Il n'y a rien à poursuivre, objecta-t-elle en même temps.

Mais, déjà, il retournait à sa voiture de patrouille Trois secondes plus tard, il enclenchait sa sirène et sortait du parking.

— De quoi as-tu peur ? dit-il en se rapprochant d'elle.

— Rien.

La tache de la grosseur d'une pièce de monnaie, sur sa peau, rougeoyait comme des braises. Il en traça le contour de l'index.

— Cet endroit, là, dit tout le contraire...

Elle tressaillit, se déroba à son contact, une main sur la poitrine, puis battit en retraite à l'intérieur de sa chambre.

— Va-t'en, Tate !

Il la suivit, puis referma la porte d'un coup de pied derrière lui. Il se fit la réflexion qu'il n'aurait jamais imaginé se retrouver isolé en compagnie de Faith dans la chambre de ce motel miteux.

— Mon rôle est de secourir les gens, déclara-t-il, pas de les laisser en situation de danger. Je ne t'abandonnerai pas ici.

— Pourquoi ne peux-tu accepter que ce qu'il y a eu entre nous n'était qu'une aventure d'un soir, et laisser tomber ? protesta-t-elle. Tu devrais me remercier de ne pas demander davantage !

A ces mots, il sentit son cœur se mettre à cogner plus sourdement encore, et sa bouche s'assécha.

— Demande, croassa-t-il.

Les lèvres entrouvertes de stupéfaction, elle écarquilla les yeux.

— Co… comment ?

— Demande davantage, Faith.

— Je ne veux pas davantage ! affirma-t-elle.

Le désir, dans ses yeux, et l'avidité de ses lèvres lorsqu'elle lui faisait l'amour disaient tout autre chose à Tate, qui rétorqua :

— Tu n'es pas le genre de femme à te contenter d'une relation superficielle.

— Mais tu ne sais rien de moi ! objecta-t-elle. C'est à peine si nous nous connaissons depuis plus de sept jours au total, Tate !

— Si tu estimes que nous allons trop vite, et que tu as besoin de plus de temps, je l'accepterai, mais pas que tu refuses de nous donner au moins une chance, décréta-t-il.

Il saisit, avant qu'elle ne détourne les yeux, la lueur de peur, dans son regard.

— Je ne peux pas. Retourne à tes autres conquêtes, et à ton boulot !

La peur ? C'était donc là le cœur du problème ?

Il se remémora sa caresse, sur sa cicatrice, avant qu'il ne sombre dans le sommeil. Il l'avait crue de taille à être une femme de pompier. A l'évidence, il s'était trompé.

— Je n'aurais jamais cru que tu étais lâche, Faith.

8

— Tu crois que je suis lâche ?

Consciente que Tate avait mis le doigt sur un point sensible, Faith sentait sa peau la picoter désagréablement.

Il haussa les épaules.

— A toi de me le dire !

— J'ai de bonnes raisons d'être circonspecte, se justifia-t-elle.

Les jambes écartées, il planta les deux mains sur ses hanches.

— Et qui sont ?

Par où commencer ?

— David t'a-t-il jamais rien dit sur notre père ?

— Seulement que c'était un crétin.

Elle tressaillit.

— C'est un très bel homme, qui a du charme à revendre et, en tant que pilote, il a une femme qui l'attend à chaque escale, expliqua-t-elle. Ma mère savait tout de ses infidélités, et elle en a eu le cœur brisé. Je ne veux pas vivre comme ça. Je ne veux pas aimer un homme qui me fera souffrir encore et encore sans aucun scrupule.

Un pli de contrariété entre les sourcils, il redressa les épaules.

— Tu me compares à ton père ?

— Cette nuit-là, avant le mariage, je n'étais pas loin de tomber amoureuse de toi, mais, pour toi, ce n'était qu'un jeu ! riposta-t-elle. Le jour suivant, à l'église, tu as flirté avec toutes les femmes présentes !

Il laissa échapper une exclamation d'exaspération.

— Seulement parce que tu m'avais rejeté !

— Nies-tu que tu as la réputation de n'avoir que des liaisons sans lendemain ?

Il passa une main dans ses cheveux, ce qui fit se hérisser son épi.

— Non.

— Et espérais-tu davantage que cela lors du mariage de David et de Sandy ?

— Non, admit-il là encore, la mâchoire crispée.

Elle poussa un long soupir, puis s'enveloppa de ses bras. Y avait-il pire sensation que d'entendre ses craintes se confirmer ?

— C'est précisément ce que ta sœur et ses demoiselles d'honneur m'ont appris, reprit-elle. A mon arrivée à l'église, elles pariaient sur qui serait assez idiote pour succomber à ton charme, cette fois-là. J'ai eu trop honte de leur annoncer qu'en ce qui me concernait, c'était déjà fait !

— Rappelle-moi de mettre une muselière à mes sœurs, à l'occasion !

Il traversa la pièce, s'immobilisant à quelques centimètres à peine d'elle. Boisée, son eau de toilette lui chatouilla les narines et son regard vert, sérieux, emprisonna le sien.

— Aussi loin que je m'en souvienne, poursuivit-il, j'ai toujours été l'homme de la maison. J'endossais ce rôle lorsque mon père était de garde à la caserne et, après sa mort accidentelle dans un incendie, ma mère et mes sœurs ont tout naturellement attendu de moi que je prenne la relève. J'ai dû renoncer à mon rêve d'aller à l'université et j'ai dû suivre les traces de mon père comme pompier, parce que nous avions besoin d'argent pour payer les études de mes sœurs. Ça m'est resté un peu en travers de la gorge. J'étais jeune, et je n'aspirais qu'à m'amuser et à rencontrer des filles, comme tous les autres garçons de mon âge. Tu ne vas peut-être pas le croire, mais je n'ai perdu ma virginité qu'à vingt ans !

» Sandy est la dernière à avoir quitté la maison, poursuivit-il avec un soupir. Lorsqu'elle a rencontré ton frère un an avant leur mariage, je me suis dit que j'allais enfin pouvoir profiter de ma liberté, et j'étais bien décidé à rattraper le temps perdu, ou du moins à essayer. »

Il secoua la tête, un sourire d'ironie désabusée aux lèvres.

— Et pour essayer, j'ai essayé ! Et ensuite, je t'ai rencontrée, et j'ai paniqué parce qu'avec toi, j'ai voulu plus qu'une folle nuit de sexe. Tu menaçais ma liberté tout juste acquise. Lorsque tu m'as rejeté après cette nuit magique, j'étais si en colère que j'ai voulu te montrer que je m'en fichais comme d'une guigne. Je voulais te rendre jalouse, m'assurer que tu comprennes ce que tu perdais. J'en suis navré. Je me suis conduit comme un vrai crétin à la réception.

— Tu peux le dire ! affirma Faith qui commençait néanmoins à appréhender la situation sous un jour nouveau.

Il grimaça.

— Tu étais la femme parfaite pour moi, Faith, mais j'étais trop stupide alors pour le reconnaître. Donne-moi une chance aujourd'hui de te prouver que nous sommes faits l'un pour l'autre, et je promets que tu ne le regretteras pas.

Elle sentit son cœur manquer un battement, mais la peur la retenait toujours.

— Comment croire que tu ne me feras jamais souffrir, Tate ? J'ai besoin de quelqu'un qui m'aime pour toujours, pas seulement quand ça l'arrange !

— Il n'y a jamais aucune garantie dans la vie, objecta-t-il. Tu dois mettre tes peurs de côté, ou elles te paralyseront !

C'était exactement ce qui s'était produit. Elle voulait fonder une famille qui serait bien à elle et, pourtant, jamais elle ne sortait plus de trois ou quatre fois avec le même homme. Aussitôt qu'elle commençait à s'attacher, elle mettait fin à la relation. Elle enviait ses amies de se marier et de trouver le bonheur, mais jamais elle ne s'était risquée à tenter elle-même sa chance ! Le seul risque qu'elle ait jamais pris, c'était avec Tate, et elle s'était douloureusement brûlée !

— Même si tu n'es pas aussi infidèle que mon père, n'importe quelle urgence incendie à laquelle tu réponds pourrait être la dernière. Ta jambe…

Elle désigna le haut de la cuisse de Tate, se mordit la lèvre inférieure, la fin de sa phrase étranglée par la peur.

— Chaque fois que tu montes en voiture pour aller travailler, ce pourrait aussi être la dernière, mais je ne t'enfermerai pas pour autant entre quatre murs, lui fit-il remarquer. Je ne nie pas que mon métier est dangereux. J'ai été pris sous les décombres de l'effondrement d'un immeuble parce que j'y suis entré au mépris des consignes de sécurité les plus élémentaires de mon entraînement. A l'époque, je pensais n'avoir rien à perdre. Aujourd'hui si, expliqua-t-il, avant de déposer un bref baiser sur ses lèvres.

Elle sentit sa résistance s'effriter.

— Je suis trop faible avec toi, Tate. Je m'exhorte à ne pas céder à ton charme et à tes belles phrases, et je capitule toujours, avoua-t-elle. Sais-tu que mon unique objectif, ce week-end, était de ne pas me retrouver dans ton lit ? Le moins qu'on puisse dire, c'est que j'ai lamentablement échoué !

Il lui adressa un sourire tendre qui fit vibrer en elle une corde trop sensible et répondit :

— C'est parce que ton cœur sait mieux que ta tête. Et tu n'es pas faible, Faith. La femme que je vois lorsque nous sommes ensemble est une femme qui sait ce qu'elle veut et qui le prend. C'est la persévérance qui te manque.

— J'ai peur de me tromper, de souffrir.

Et aussi d'être seule, mais ne l'était-elle pas de toute façon depuis leur rencontre avortée ? s'avisa tristement Faith.

— Je me rue peut-être dans des immeubles en feu pour gagner ma vie, mais rien ne m'effraie davantage que de te perdre, avoua-t-il alors.

L'attirant dans ses bras, il l'embrassa tendrement, profondément. Elle s'agrippa à lui et sentit l'espoir renaître en elle.

Ils furent interrompus par un bruit dans la chambre voisine qui ressemblait au heurt d'une tête de lit contre le mur mitoyen. S'ensuivirent des halètements de plaisir.

Avec un petit rire, il la relâcha, puis s'empara de sa valise.

— Sortons d'ici. Hors de question que je te demande en mariage dans ce bouge !

Elle sentit son cœur s'arrêter, sa mâchoire s'affaisser.

— Tu... tu veux me demander en mariage ?

Il ouvrit grand la porte, puis s'immobilisa sur le seuil.

— La seule manière d'en être sûre est d'avoir les tripes de me suivre, tu ne crois pas ?

La porte se referma derrière lui, et elle hésita au milieu de la pièce, paralysée par l'indécision. Elle rêvait d'un mari qui ferait passer sa famille avant tout, et d'un homme qui lui donnerait le sentiment d'être féminine, fragile et forte à la fois. Ce dont elle avait besoin, c'était d'un homme assez courageux pour affronter ses propres démons, et aussi les siens.

Elle porta une main à son cœur bouleversé. Tate Sumner était cet homme-là. Il lui offrait l'amour dont elle rêvait, et auquel elle aspirait plus que tout au monde, mais encore lui fallait-il puiser le courage de s'en saisir avant qu'il ne soit trop tard. Il n'avait pas dit qu'il l'aimait. Etait-ce le cas ?

Tout à coup, elle éprouva l'impérieux besoin de le savoir et, se saisissant au vol de son sac à main, elle courut derrière lui. Elle avait tant à perdre, mais tellement plus à gagner ! C'était, elle n'en doutait plus, le moment ou jamais de mettre son cœur en jeu.

C'est sans un mot qu'il l'aida à monter dans le pick-up, et ni l'un ni l'autre ne parla non plus tandis qu'il conduisait jusqu'au lac, puis se garait à l'ombre d'un arbre. Descendu de voiture, il se dirigea vers un rocher au bord de l'eau. Elle le suivit, puis s'immobilisa à son côté, les genoux flageolants, alors qu'il contemplait les flots hérissés par la brise.

— Mon père affirmait toujours qu'il s'était épris de ma mère au premier regard. Enfant, je pensais que c'était le truc le plus idiot que j'avais jamais entendu, dit-il sans la regarder.

Après quoi, il tourna la tête vers elle et, à voir le trop-plein d'amour, dans ses yeux, elle sentit l'air se bloquer dans ses poumons. Il prit sa main dans la sienne.

— Et ensuite, je t'ai rencontrée, et j'ai aussitôt compris ce qu'il voulait dire. Je t'aime, Faith, et je promets que je t'aimerai jusqu'au jour de ma mort.

Elle sentit son cœur se serrer d'émotion, puis déborder de ses yeux en chaudes, épaisses larmes.

— Je t'aime aussi...

— Epouse-moi. Aujourd'hui. Demain. Ou le jour, quel qu'il soit, où tu croiras en la sincérité de mon amour pour toi.

Elle eut un pauvre petit sourire.

— Je crois en ton amour là, dès maintenant, affirma-t-elle, et aussi qu'aujourd'hui, ou demain, ou aussitôt que nous pourrons l'organiser, notre mariage sera parfait.

SUSAN MEIER

Un patron si charmant

Traduction française de
MARIE VILLANI

HARLEQUIN

Titre original :
MISS INDEPENDENCE

Ce roman a déjà été publié en 2019.

1

— Maman ! Peux-tu me dire ce que tu fais là alors que tu devrais te reposer ? C'est ton jour de congé, non ? s'étonna Constance Indépendance Muldoon, alias Indy, lorsqu'elle entra par la porte de service de l'élégante demeure typiquement bostonienne, en grès rouge, des Winters.

— Oui, mais M. Winters m'a personnellement demandé de venir. Il a besoin de mes services.

Sa mère, gouvernante à plein temps de la famille Winters, ôta son gilet, sous lequel se trouvait son uniforme gris.

— Je suis venue parce qu'il souhaite que je prépare le petit déjeuner à son hôte de passage.

— Comment ? C'est étrange ! Je ne vois pas de qui tu veux parler. Seule Emily passe ses nuits ici ! s'exclama Indy, faisant allusion à la fille de Lloyd, qui se trouvait être également son amie. Je monte d'ailleurs lui dire bonjour !

Vêtue d'un jean et d'un débardeur rose, Indy gravit deux à deux les marches qui conduisaient au deuxième étage. Que Lloyd Winters ait requis la présence de sa mère en cuisine ne l'offensait nullement. Sa tâche consistait davantage à nettoyer qu'à cuisiner, ce qui expliquait d'ailleurs qu'elle ne soit pas obligée de revêtir un uniforme. Elle aurait été de toute façon incapable de préparer un repas digne de ce nom. Et pour tout dire, elle n'était pas beaucoup plus douée comme femme de ménage.

Le P-DG de la florissante société de conception de logiciels Wintersoft l'avait en fait engagée pour seconder sa mère, après que celle-ci avait mentionné à son employeur que sa fille suivrait pendant six ans à l'université un cursus qui n'en prenait normalement que trois. Il avait alors offert à Indy un emploi le week-end, de manière à ce qu'elle puisse assister plus aisément à ses cours la semaine, et mère et fille avaient accepté avec reconnaissance ce témoignage de bienveillance.

Mais, pour sa part, ce n'était pas parce qu'elle en avait assez du tracas que constituait le fait d'étudier tout en travaillant chichement à côté. Non, si elle avait accepté la générosité de Lloyd Winters, c'était uniquement parce qu'elle avait hâte de remplir la promesse qu'évoquait le surnom que lui donnait sa mère depuis toujours.

Indy était le diminutif d'Indépendance, son second prénom. Si quelqu'un s'était jamais senti indépendant, motivé et prêt à saisir sa chance dans la vie, c'était bien elle. Et si elle souhaitait se lancer dans le monde, ce n'était pas seulement pour éviter de dépendre d'un homme, au risque d'être abandonnée, comme sa mère l'avait été. Elle voulait avant tout y apposer sa marque. Ce qu'elle désirait ardemment, c'était devenir *quelqu'un*.

C'était d'ailleurs la raison pour laquelle elle était si heureuse qu'Emily soit là. Elle venait d'achever son dernier trimestre de cursus universitaire cet été et, depuis le 1er septembre, elle était titulaire d'une maîtrise en administration des affaires. A présent, il lui fallait trouver un emploi, et elle ne doutait pas qu'Emily, vice-présidente de la société de son père, pourrait lui donner un petit coup de pouce.

Après s'être élancée dans le couloir, Indy frappa une fois à l'épaisse porte de chêne de la chambre d'Emily, mais aucune réponse ne lui parvint. Anxieuse de ne pas perdre une seconde de plus avant que son amie n'aille rejoindre son père pour le petit déjeuner, Indy s'engouffra dans la pièce, puis se rua à la fenêtre. D'une rapide torsion, elle fit pivoter les stores verticaux, et le soleil entra à flots dans la pièce.

— Bon sang, que... ?

L'homme qui lâcha cette exclamation bondit hors du lit, comme si une alarme incendie venait de retentir. Abasourdie, Indy le fixa d'un air ahuri. Non seulement il n'était pas la personne qu'elle s'attendait à voir, mais il était, également, entièrement nu. Malgré sa surprise, elle ne put s'empêcher d'admirer son superbe corps athlétique, ses muscles souples et nimbés par la clarté dorée du soleil matinal.

Et elle le trouva beau également. Ses yeux bleus étaient profondément enfoncés dans un visage à l'ossature prononcée. Ses cheveux bruns, très courts, effleuraient à peine le haut de son front hâlé. Un hâle qui s'étendait à son cou, son torse puissant et son abdomen plat, et s'aventurait jusqu'à son postérieur parfait, avant de se déverser de ses jambes à ses orteils.

Quelque part, à un moment ou un autre, cet homme s'était fait bronzer nu, songea-t-elle.

Alors que cette pensée s'imposait à elle, l'invité de Lloyd Winters, subitement conscient de la situation, agrippa sur le lit, pour se couvrir, l'un des coussins pourpres en forme de cœur d'Emily.

— Bon sang ! Mais que faites-vous là ? Qui diable êtes-vous ?

2

— Je… je suis désolée. Je suis Indy… Connie… Indy…

En réponse à la question de l'inconnu, Indy ne put que balbutier, tant elle était certaine, tout à coup, que cet impair lui vaudrait d'être renvoyée. Lloyd Winters avait beau être un homme juste et raisonnable, l'expression sur les traits de son invité n'exprimait, quant à elle, aucune indulgence.

Elle entreprit de reculer.

— Je… je suis l'aide-ménagère de M. Winters, se justifia-t-elle, reculant d'un autre pas en direction de la porte. Je ne travaille ici que le week-end. Dé… désolée. Personne ne passe jamais la nuit ici en dehors de… J'ai cru que vous étiez sa…

Son regard tomba sur le coussin avec lequel il s'était recouvert.

— Euh, hum… à l'évidence, vous n'êtes pas Emily.

A ce constat, l'expression du visiteur inconnu se crispa incontestablement.

— A l'évidence pas.

Ni l'un ni l'autre ne dit un mot de plus, comme Indy forçait son regard à s'arracher du coussin, puis à se poser sur n'importe quel autre endroit qui aurait été plus approprié. Mais la tâche était bien difficile : parce que l'invité de Lloyd était nu, n'importe où qu'elle regardât, elle ne rencontrait que muscles ciselés et chair ferme. Quand enfin, ses yeux remontèrent assez haut, l'homme l'épingla de son regard étréci et pénétrant, et un courant d'acuité sexuelle crépita entre eux.

C'est à peine si elle eut le temps de hoqueter de saisissement. Déjà, il reprenait :

— Ecoutez, je dois descendre rejoindre mon hôte pour le petit déjeuner dans vingt minutes. A moins que vous ne souhaitiez m'offrir une bonne raison d'être en retard, je suggère que vous fichiez immédiatement le camp.

— Très bien ! Tout de suite ! répondit Indy, avant de tourner les talons pour sortir en quatrième vitesse de la pièce.

Arrivée au bout du couloir, elle pressa son front brûlant contre la fraîche paroi du mur, consternée. Seigneur, qu'avait-elle donc fait ! Elle allait se faire renvoyer, c'était certain !

Vingt minutes plus tard, ce fut Parker Taggert qui songea qu'il avait des ennuis. Quand Indy effleura accidentellement son bras, alors qu'elle lui servait son café, il crut qu'il allait traverser le plafond, tant il fut surpris par le frisson de désir qui le parcourut. Jamais il n'avait eu de réaction sexuelle aussi intense, aussi automatique face à une femme qu'il venait à peine de rencontrer. D'un autre côté, jamais il n'avait encore fait la connaissance d'une femme alors qu'il se trouvait nu !

Sans compter qu'avec ses immenses yeux verts, ses pommettes hautes et ses pulpeuses lèvres rouges, la dénommée Indy était une splendeur de la nature. Et combinés à un jean taille basse et à un débardeur rose ajusté à la limite de la décence, ces atouts naturels faisaient de l'aide-ménagère de Lloyd une jeune femme particulièrement sexy.

Quand bien même, s'il avait su d'emblée qui elle était, Parker ne doutait pas qu'il aurait été dûment respectueux. Mais elle ne ressemblait pas vraiment à une domestique, et il paraissait impuissant à empêcher son corps de crépiter d'effervescence sexuelle.

Lloyd Winters, un homme aux cheveux déjà blancs et aux yeux bleus très expressifs, referma son journal.

— Bon, qu'est-ce qui vous ferait plaisir comme petit déjeuner, Parker ?

Parker jeta un regard involontaire à Indy. Il savait exactement ce qui lui ferait plaisir pour son petit déjeuner. A cause de son emploi du temps surchargé, il y avait des mois qu'il n'était plus sorti avec une femme. Le sexe ? Il ne se souvenait même plus de la dernière fois où il avait eu une aventure ! Et voilà qu'une fille employée chez Lloyd Winters l'électrisait. Bon, évidemment, ce n'était plus vraiment une « fille ». Elle devait bien avoir vingt-cinq ans, songea-t-il en l'observant.

Et tout à coup, il sut quel était son problème. Ils étaient de la même tranche d'âge ! Bien qu'il approchât les trente ans, et qu'elle vienne probablement à peine de fêter ses vingt-cinq, ils étaient l'un et l'autre dans une fourchette d'âge appropriée pour se fréquenter. Ce qui expliquait certainement pourquoi sa réaction était d'ordre sexuel, plutôt qu'indifférente.

C'est tout juste s'il n'en éclata pas de rire de pur soulagement. Ainsi, le trouble persistant et étrange qu'il éprouvait en sa présence n'était donc rien d'autre que le résultat d'une rencontre avec une jeune femme attirante de sa génération !

— Je souhaiterais des toasts, des œufs brouillés et du bacon, s'il vous plaît, répondit-il.

Là, pensa-t-il, ce n'était pas si difficile. Et d'ailleurs, il crut sincèrement pouvoir gérer la présence d'Indy, jusqu'à ce que, relevant les yeux, il se surprenne à se perdre de nouveau dans ses immenses yeux verts.

Décidément, elle était vraiment superbe, et lui en manque, et ça, c'était à coup sûr des ennuis en perspective.

3

Parker soupira. Pourquoi la situation devait-elle forcément être synonyme d'ennuis ? Il n'y avait aucune raison à cela. Non seulement il était un homme mature, qui avait su résister à nombre de femmes au cours de sa vie, mais Indy avait dit être l'aide-ménagère de M. Winters seulement le week-end. Ce qui signifiait qu'il la verrait uniquement le lendemain, puisque dès lundi, elle ne serait plus là. De plus, il partirait pour son rendez-vous immédiatement après le petit déjeuner. Il ne lui restait donc plus que quelques heures pour essayer de contrôler cette attirance totalement inattendue. Un jeu d'enfant en somme !

Reportant son attention sur son journal, Lloyd déclara nonchalamment :

— Que pensez-vous d'Indy ? C'est une très jolie fille, vous ne trouvez pas ?

Gêné, Parker résista à l'impulsion de se recroqueviller sur lui-même. Mince ! Il avait espéré que son hôte ne le verrait pas saliver devant sa jeune et très sexy employée de week-end !

— Oui, concéda-t-il, fier de constater que son ton était désinvolte, presque neutre. C'est une très jolie jeune femme.

— Indy a vingt-cinq ans. Elle vient juste de terminer ses études universitaires. Et elle a hâte d'être indépendante.

— Tant mieux pour elle, commenta Parker, non sans se demander pourquoi Lloyd était subitement si loquace à propos de sa femme de ménage.

— Mais je pense que ma fille Emily vous conviendrait mieux.

Surpris par tant d'audace, Parker manqua en recracher son café.

— Décidément, vous êtes incorrigible, Lloyd ! N'en avez-vous donc pas encore fini avec ça ?

— Avec quoi ? s'étonna innocemment son hôte.

— Vous essayez encore de caser cette pauvre Emily !

Lloyd rit.

— Comprenez-moi, je veux des petits-enfants !

— Eh bien, en ce qui me concerne, je vous l'ai déjà dit : vous pouvez faire une croix dessus, rétorqua Parker. Emily est comme une sœur pour moi.

— Hum, se contenta de commenter Lloyd, apparemment d'accord avec ce constat.

Indy reparut avec une desserte. Alors qu'elle servait à Lloyd jus de fruit et pancakes, Parker s'obligea résolument à ne pas poser les yeux sur elle.

Lloyd se saisit de sa fourchette.

— Bien. Etes-vous prêt pour votre rendez-vous de ce matin ?

— Absolument. Tous les calculs ont été faits. Je connais la valeur exacte de l'affaire, annonça Parker.

Comme la jeune femme déposait devant lui une assiette d'œufs brouillés et de bacon, il inhala sans s'en rendre compte les doux effluves de son parfum, puis se reprit aussitôt. Pourquoi lui faisait-elle cet effet ? Il était censé l'ignorer !

— Je peux m'offrir Raymond Enterprises pour moins d'un million, reprit-il.

— Je ne parlais pas en termes de finances, mais de personnel. Avez-vous une assistante à vos côtés ?

— Non, pourquoi ?

— Eh bien, il va vous en falloir une, et je suis certain que notre petite Indy, ici présente, est impatiente d'étoffer son CV.

— Non, voyons, monsieur ! s'empressa de protester l'intéressée. Merci, mais ça ira. J'ai prévu d'appeler votre fille aujourd'hui. Elle a proposé de m'aider.

Lloyd balaya l'argument d'une main.

— Sottises ! Vous avez besoin d'expérience, et il se trouve que M. Taggert a besoin d'une assistante, n'est-ce pas, Parker ?

La jeune femme fixa son employeur, les yeux écarquillés

d'appréhension. Parker étouffa une plainte sourde. Sa réaction prouvait qu'elle aussi sentait entre eux cette attirance indésirable !

— Comment, Indy ? Etes-vous en train de me dire que vous ne voulez pas acquérir d'expérience ? la taquina Lloyd.

— Non, monsieur. Vous savez très bien que si.

— En effet, et c'est ce que j'apprécie chez vous. Vous me rappelez le jeune homme que j'étais. Vous serez quelqu'un un jour, mais tout commence là. En bas de l'échelle. Alors allez enfiler un des tailleurs d'Emily, et tenez-vous prête à seconder M. Taggert...

S'interrompant abruptement, il les regarda l'un après l'autre.

— Ah ! Désolé. Je m'aperçois que je ne vous ai pas présentés.

En croisant le regard de la jeune femme, Parker sentit un frisson le parcourir de nouveau, provoquant de drôles de palpitations dans son abdomen, tandis qu'un peu plus bas, il sentit une autre partie de son anatomie se durcir de désir.

— En fait, nous avons déjà fait connaissance, informa-t-il son hôte.

Et à présent, ils allaient travailler ensemble.

Et la plupart du temps, en tête à tête.

4

Indy ne perdit pas beaucoup de temps à fouiller dans la penderie d'Emily. Pour avoir maintes fois admiré son amie dans diverses tenues, elle savait exactement ce qu'elle souhaitait porter. Mais avant d'en prendre la liberté, elle appela Emily pour requérir sa permission.

— Evidemment ! répondit celle-ci. Choisis la tenue qui te plaît.

— Merci. Mais je n'arrive toujours pas à croire que ton père ait fait ça.

— Quoi ? Te trouver du boulot ? demanda Emily, avant d'ajouter avec un petit rire : je m'étonne plutôt qu'il ait mis si longtemps avant de te coller entre les pattes de quelqu'un !

— Ne dis pas ça comme ça !

— Comme quoi ? s'étonna avec candeur son amie, avant de marquer une pause. Oups ! J'ai compris ! En fait, Parker te plaît !

— Non, il ne me *plaît* pas, marmonna Indy.

— D'accord, laisse-moi reformuler ça différemment : tu as envie de lui.

— Arrête ! Je viens juste de faire sa connaissance !

— Et alors ? Ça n'a absolument aucune importance. C'est de désir qu'il s'agit, là. Et il faut reconnaître que Parker est un superbe spécimen. Tu devrais le voir en caleçon de bain ! Que des muscles qui ondulent, et quelle puissance dans ces cuisses !

— Pfff ! Je n'ai pas besoin de le voir en caleçon, répliqua Indy. Je l'ai surpris dans ta chambre ce matin, pensant que c'était toi qui t'y trouvais, et il est sorti du lit nu comme un ver !

— Oups ! répondit Emily, avec un grand éclat de rire. Je comprends mieux ta réaction ! Pas étonnant que tu t'affoles comme ça ! Tu as une sacrée bonne raison d'être émoustillée : tu as déjà vu la marchandise ! Ça, c'est le comble !

Après avoir marqué une pause, elle reprit :

— Mais dis-moi, est-ce que Papa le sait ?

Soudain inquiète, Indy pria silencieusement pour que ce ne soit pas le cas.

— Non, je ne crois pas.

— Bon. Si c'était le cas, crois-moi, tu le saurais ! Mais je parierais qu'il suspecte quelque chose.

Indy n'en doutait pas. L'acuité sexuelle qui irradiait de Parker Taggert pour, sans faillir, se focaliser sur elle, était quasi palpable. Dieu merci, elle avait pu s'éloigner plusieurs fois de la salle à manger pour remplir le pot de café. Sans quoi, elle le craignait fort, Parker Taggert et elle auraient tous deux été victimes d'une combustion spontanée !

— Indy, ma chérie, laisse-moi te donner un conseil, reprit Emily, l'arrachant à ses dérangeantes pensées. Tu as vingt-cinq ans et, bien que je sache que tu es sortie avec des hommes, et que tu as même peut-être eu une ou deux aventures d'un soir, il doit y en avoir un, dans la vie d'une femme, qui sort de l'ordinaire. Quelqu'un que tu n'aurais aucune chance d'épouser, mais avec qui tu souhaiterais juste… eh bien, disons, t'amuser quelques heures.

— Quoi ? Je n'arrive pas à croire que tu sois en train de me dire ça…

— Pourquoi s'offusquer ? Toute femme devrait connaître une folle et passionnelle liaison dont se souvenir, poursuivit Emily. Et Parker Taggert est le candidat idéal pour ça. Pas de lendemain, pas de contrainte, juste du sexe, et du bon !

Incapable de croire à ce qu'elle venait d'entendre, Indy écarta le haut-parleur du téléphone pour le fixer, puis le reporta à son oreille.

— Comment ? Tu es sérieuse, en plus !

— Ecoute, deux de mes amies sont sorties avec lui. Elles

disent qu'elles en gardent un souvenir brûlant pour réchauffer leurs nuits l'hiver, affirma encore Emily.

Elle hésita une seconde, puis insista :

— Fonce, Indy. Après toutes ces années d'études et de travail, tu mérites bien une pause. Alors pourquoi pas un délicieux interlude du nom de Parker Taggert ? C'est une véritable légende, je te dis !

5

— Etes-vous prête ? demanda Parker d'un ton désinvolte, alors qu'il pénétrait dans le vestibule où Lloyd lui avait dit qu'Indy l'attendait.

Pendant que celle-ci se changeait, son hôte lui avait chanté les louanges de son employée comme s'il s'agissait de sa seconde fille. Il n'ignorait pas qu'il lui faudrait être circonspect avec elle. Le mieux pour ce faire serait de la traiter comme n'importe quelle autre assistante intérimaire. Et donc, d'occulter le fait qu'elle était belle à couper le souffle et surtout qu'elle l'avait vu nu

Mais quand Indy se tourna vers lui, il sentit son cœur trébucher, puis s'emballer. Le sobre tailleur de soie verte qu'elle avait choisi n'était pas ouvertement sexy, mais la veste, cintrée, soulignait le galbe de ses seins, et exagérait le creux de sa taille. Quant à la jupe, elle était suffisamment courte pour mettre en valeur ses superbes jambes. Elle s'était aussi départie de son chignon strict, et ses longs cheveux châtains se déversaient en cascade sur ses épaules. Parker soupira. Sa première pensée — son unique pensée ! — fut à quel point il adorerait sentir cette exquise abondance de mèches lisses, soyeuses, chatouiller son torse nu.

Bon sang ! Mais que lui arrivait-il ? Il arrêta net ce fantasme. D'après ce qu'il avait pu glaner de sa conversation avec Lloyd, Indy Muldoon s'était donné beaucoup de mal pour se payer ses études, elle avait désespérément besoin de travailler, et elle avait des projets pour son avenir. Il lui fallait donc respecter ça.

Ignorant la soudaine tension dans son entrejambe, il arbora un sourire professionnel et répéta :

— Alors, prête ?

Indy prit une brève inspiration exaltée qui fit ressortir sa poitrine, mais Parker força résolument son regard à ne pas quitter le sien.

— Aussi prête que je peux l'être.

— Parfait, décréta-t-il, l'orientant vers la porte.

Ils émergèrent alors dans l'éclatant soleil de septembre, et il embraya aussitôt sur l'affaire en cours, cependant qu'ils se dirigeaient vers la Mercedes grise que Lloyd lui prêtait le temps de son séjour.

— Voici le marché. Je suis à Boston pour acquérir une société. J'ai même, en fait, libéré mon agenda pour le mois à venir en vue de me consacrer entièrement à ce projet.

— Vous voulez dire que vous êtes à Boston pour un mois ?

— Oui, confirma Parker, tout en tendant la main en direction de la portière côté passager de la Mercedes pour la lui ouvrir.

Il savait exactement pourquoi elle posait cette question. Rien qu'en s'avançant devant elle pour atteindre la portière, il avait senti le très caractéristique fourmillement de l'attraction sexuelle. Il savait qu'elle se demandait tout comme lui si, à passer autant de temps ensemble, ils pourraient se retenir de se jeter l'un sur l'autre.

Hésitante, Indy se retourna et le fixa.

— Travaillerons-nous ensemble tout le mois ?

Il plongea son regard dans le sien.

— En théorie, oui. A moins que vous ne pensiez qu'il serait préférable que j'engage une intérimaire.

Lorsque leurs regards s'accrochèrent, Indy sentit la soudaine décharge électrique qu'elle éprouvait systématiquement en présence de Parker Taggert. Elle avait, toutefois, besoin de l'argent que lui procurerait cet emploi et, plus encore, d'une première expérience. Maintenant qu'elle savait qu'il ne s'agissait pas d'une rapide mission d'un après-midi qui n'aurait guère eu de poids sur son CV, et que c'était donc une véritable chance, elle ne pouvait la repousser aussi aisément.

Au même moment, les paroles d'Emily se répercutèrent de nouveau en elle. Un après-midi de passion avec cet homme réputé être une légende à lui tout seul…

Elle se tuait quasiment non-stop à la tâche depuis sept longues années. Faire l'amour avec Parker Taggert… pourquoi pas ? Sentir cette chair ferme, ces muscles puissants sur sa peau… se détendre, se détendre réellement, l'espace d'un après-midi ou d'une soirée avec quelqu'un de séduisant, intelligent et divertissant…

Mais en plongeant son regard dans celui, bleu et étincelant de promesses, de Parker Taggert, elle s'avisa tout à coup que ce qui aurait dû être une décision rapide et évidente, ne l'était plus tant que cela.

6

Perdue dans ses pensées, Indy soupira. Aussi tentante soit la suggestion d'Emily de s'offrir une aventure sans lendemain avec Parker Taggert, ce furent les paroles de sa mère qui saturèrent ses tympans. *Assois ta carrière avant de prendre du bon temps !*

De plus, pour l'instant, Parker ne lui demandait pas de faire l'amour avec lui ! Il avait seulement besoin d'une assistante, et elle d'une première expérience.

— Je suis sûre que j'apprendrai beaucoup à vos côtés pendant le mois à venir, répondit-elle donc.

Parker la dévisagea un instant, puis sourit.

— Croyez-moi, vous apprendrez d'un maître en la matière.

L'ayant installée sur le siège passager, il claqua sa portière, puis contourna le capot. Quand il eut pris place derrière le volant, elle ironisa :

— Un maître, avez-vous dit ?

— Ces cinq dernières années, j'ai acquis seize sociétés, précisa-t-il, avant d'ajouter avec un sourire espiègle : alors, oui, je suis un maître.

— Et vous êtes né avec ce talent ?

Il rit.

— En quelque sorte. Mes parents avaient un ami dont l'entreprise était sur le point d'exploser du fait d'un surplus d'activité, mais il était trop âgé pour en gérer l'expansion. Au cours d'une soirée, alors qu'il en parlait, je me suis soudain surpris à lui proposer un marché. Je lui ai dit que nous pouvions hypothéquer l'entreprise de mes parents, fiable mais un peu moribonde elle aussi, pour financer un premier versement sur l'achat de la sienne, avec un pourcentage sur les profits pendant dix ans pour combler la différence, et il a mordu à l'hameçon.

— Intéressant.

— Vous n'avez même pas idée, ajouta-t-il, avec un autre rictus. Tout le monde y trouvait son compte et pouvait alors reprendre espoir.

— Vous avez donc mis en œuvre ce plan pour développer la société de votre ami et en tirer profit, et ensuite le remettre en pratique ailleurs ?

— Non. J'ai engagé quelqu'un pour gérer l'expansion et nous enrichir, parce que j'avais entre-temps trouvé une autre société susceptible de se développer, mais dont la direction ne convenait pas. J'ai convaincu Mary Burroughs d'adhérer au même plan. Au début, elle était réticente à quitter l'affaire qu'elle avait lancée à partir de rien, mais quand je lui ai suggéré qu'elle en crée une autre avec le premier versement que je lui proposais, elle a saisi ce que je voyais, à savoir qu'elle était douée pour démarrer les choses, mais pas pour les maintenir. Depuis, elle a ainsi mis en place deux autres sociétés que je lui ai ensuite achetées selon le même procédé. Et aujourd'hui, nous sommes amis.

— C'est vraiment génial !

Parker jeta un coup d'œil à sa compagne de route. Toute pimpante et sexy dans la tenue d'une autre femme, elle avait l'air d'un oisillon prêt à s'élancer de sa branche, et il s'avisa tout à coup que bien que Lloyd lui ait fait part de quelques éléments de ses projets, il ne savait rien de personnel à son sujet. D'emblée, ses pensées vis-à-vis d'elle avaient été les plus intimes qu'un homme puisse éprouver pour une femme, et pourtant il ne connaissait rien d'elle.

Aussi demanda-t-il :

— Et vous, que souhaitez-vous accomplir dans votre vie ?

Elle rit. Délicieusement rauque, le son se répercuta dans l'habitacle du véhicule, puis résonna à travers lui telles des trilles d'accouplement.

— Tout. Mon père a abandonné ma mère avant ma naissance,

et elle a dû lutter en permanence pour subvenir à nos besoins. Donc, j'aspire au genre de poste qui me permettra de gagner suffisamment d'argent pour pouvoir lui acheter une maison, l'emmener en vacances...

Surpris, Parker sentit la culpabilité s'insinuer en lui. Indy allait donc devoir travailler d'arrache-pied pour obtenir ne serait-ce que la moitié de ce qui lui avait été offert, juste parce qu'il était né dans le bon milieu.

— Vous savez, tout cela risque de prendre du temps, vous n'y arriverez pas en un seul jour, lui fit-il remarquer.

— Ce n'est pas un problème. Nous avons connu bien des épreuves, mais ma mère et moi sommes étonnamment patientes.

Patientes et résilientes, songea Parker. Ce dernier commentaire, toutefois, enfonça un clou de plus dans le cercueil de la moindre pensée sexuelle qu'il ait pu avoir à l'égard d'Indy Muldoon. La vie ne l'avait pas traitée de manière très équitable, et il était hors de question qu'il alourdisse le plateau de la balance en l'entraînant dans une liaison torride qui, en s'achevant, lui briserait peut-être le cœur.

Par contre, si une brève aventure sans complications était envisageable, Dieu lui était témoin qu'il ferait en sorte qu'elle soit l'un des meilleurs souvenirs de sa vie.

7

A la grande surprise d'Indy, Parker les conduisit à une demeure de Cape Cod, et non dans un immeuble rempli de bureaux, pour leur entrevue avec le propriétaire de Raymond Enterprises. Parce qu'ils avaient établi une relation professionnelle pendant le trajet, elle n'attendit pas qu'il lui ouvre sa portière. Au lieu de quoi elle bondit hors de la Mercedes et fut sur le trottoir avant même qu'il n'ait eu le temps de contourner le véhicule.

Malheureusement, alors qu'elle s'avançait sur le perron en planches, elle huma une bouffée de son après-rasage, et son cœur fit immédiatement une embardée. Comme il sentait bon ! Et il était tellement séduisant. Elle commençait aussi à avoir un aperçu de sa personnalité et, avec la suggestion d'Emily qui rôdait toujours dans son esprit, elle ne put s'empêcher d'imaginer ce que ce serait de faire l'amour avec lui.

Echauffée par des visions de chair musclée et de baisers mouillés, elle s'avisa que même si elle ne couchait pas avec Parker Taggert, se l'imaginer était une seconde option tout à fait acceptable. Après tout, elle n'était en fait peut-être pas obligée de faire concrètement l'amour avec lui pour se créer le souvenir de sa vie.

Ils s'avancèrent ensemble vers l'entrée de la luxueuse demeure.

Parker frappa à la porte d'entrée. Une femme de petite taille, âgée d'environ un peu plus de quarante ans, vint leur ouvrir.

— Oh ! Parker, bonjour ! le salua-t-elle, avant que son expression ne prenne aussitôt un air de regret. Nous vous avions complètement oublié. Hélas, même si ce n'était pas le cas, Jim n'est vraiment pas en état de s'entretenir avec qui que ce soit aujourd'hui.

— Ne vous inquiétez pas, ce n'est pas un problème, Amy, assura Parker. Dites-lui simplement que je suis en ville pour le mois. Il est mon unique projet ici à Boston, aussi suis-je à sa disposition jour et nuit.

Comme il lui souriait avec chaleur, ajoutant la sincérité à sa gentillesse, le cœur d'Indy fit une seconde embardée. Impossible de résister à un tel homme ! Parker Taggert était un mélange inhabituel de sex-appeal et de virilité, et en plus, c'était un type bien. Toute femme digne de ce nom pouvait certes être capable de résister à la tentation d'un beau corps irradiant de sex-appeal, mais la plupart auraient beaucoup plus de mal à rejeter quelqu'un de gentil. Quelqu'un qui, elle en était sûre, sans même l'expérimenter, vous câlinerait au lit.

Alors qu'elle ajoutait une autre pièce au puzzle de son fantasme à propos de Parker, Amy se détendit visiblement.

— Merci de votre compréhension, Parker.

— Je vous en prie, Amy. Je repasserai lundi.

Indy attendit qu'ils soient de retour sur le trottoir, hors de portée d'oreille d'Amy, avant de demander :

— Pouvez-vous m'expliquer ce qui vient de se produire, au juste ?

— Il s'agit simplement d'une manœuvre de bonnes relations publiques. Pour négocier un accord, il faut mettre les gens suffisamment à l'aise pour qu'ils vous disent ce qu'ils veulent, de manière à ce que vous puissiez le leur donner.

— Je vois. Mais le fait que votre interlocuteur ne soit pas disponible n'était-il pas une ruse ?

— Si tel est le cas, en n'argumentant pas, je lui indique clairement plusieurs choses, expliqua Parker. Premièrement, il est ma priorité, deuxièmement, j'ai tout mon temps et, troisièmement, je n'ai nullement l'intention de le brusquer.

— Et vous croyez que ça va l'inciter à vous dire ce qu'il veut ?

— Et vous, vous en pensez quoi ?

Indy médita la question.

— Je ne sais pas, à vrai dire.

— Votre mère ne vous a-t-elle donc jamais dit qu'on attrape plus de mouches avec du miel qu'avec du vinaigre ?

— Si, mais seulement lorsqu'il s'agit de traiter avec Lloyd, plaisanta Indy.

Parker s'esclaffa.

— Excellent exemple. Si vous traitez tout le monde avec le respect avec lequel vous traitez Lloyd, tout le monde vous fera confiance, tout le monde vous aidera, et tout le monde vous appréciera, j'en suis certain.

A l'instant même où il prononçait ces derniers mots, ils s'arrêtèrent devant sa portière, mais sans que ni l'un ni l'autre n'amorce le moindre mouvement pour l'ouvrir. Au lieu de quoi leurs regards s'entrecroisèrent cependant que les mots les enveloppaient, et Indy eut la soudaine et intense sensation qu'il était en train de lui dire qu'il l'appréciait, elle. Non, ce n'était pas possible... Pourquoi serait-ce le cas ? Il la connaissait à peine !

En fait, ce n'était pas tout à fait exact. En l'espace de ces deux courtes heures, ils avaient appris à se connaître plutôt bien. En s'entretenant de tout, sauf de leur attirance réciproque, ils avaient découvert l'un et l'autre des détails sur leur existence, jusqu'à aborder leurs philosophies respectives de la vie. Et surtout, en les détournant habilement de ce qui crépitait entre eux, Parker ne cessait de lui prouver qu'il était quelqu'un de respectueux, et même de prévenant.

Si bien qu'Indy n'aspirait plus qu'à une seule chose à présent : l'embrasser. Non pas simplement dans ses pensées, mais là, réellement, maintenant, pour le remercier de lui enseigner son savoir, et d'être bienveillant à l'égard de Jim et Amy Raymond. Et, surtout, d'être un type vraiment bien alors qu'un homme dans sa position n'avait vraiment pas à l'être.

Mais en plongeant dans son regard bleu incandescent elle sentit de nouveau la chaleur qui couvait entre eux depuis le premier instant de leur rencontre. Elle sut alors que si ses lèvres se risquaient ne serait-ce qu'à effleurer les siennes, elle enflammerait un implacable brasier.

8

Indy ouvrit promptement sa portière, puis s'engouffra à l'intérieur du véhicule. Parker exhala un soupir de soulagement. Pour deux raisons. D'une, il était content qu'elle ait assez de bon sens pour mettre un peu de distance entre eux. Et de deux, il savait à présent quel était vraiment leur problème. Il l'*appréciait*. Non qu'il n'appréciât pas les femmes avec lesquelles il couchait habituellement, mais ce qu'il éprouvait pour Indy était différent. Il n'était pas obsédé par ses atouts physiques, bien qu'elle en ait incontestablement. Et il n'aspirait pas seulement à coucher avec elle, ce qui était aussi indéniablement le cas !

Non, il y avait autre chose, qu'il avait d'abord eu du mal à discerner : il s'intéressait à elle. Et il souhaitait vraiment qu'elle réussisse. Et c'était une bonne chose, parce que s'apercevoir de son intelligence et souhaiter son succès le forçait à remettre ses propres pensées en perspective, et ses propres aspirations de côté.

Comme Jim avait annulé leur rendez-vous, Indy et lui avaient donc à présent le reste de la journée de libre. Mais même si la perspective d'un brûlant après-midi de sexe avec elle le tentait, il résisterait à cette impulsion. Il l'appréciait suffisamment pour ne pas souhaiter ruiner ses projets. Certes, il avait envie de lui faire l'amour, mais il voulait avant tout l'aider à accomplir le premier pas en direction de son objectif.

Tout à coup, il comprit que Lloyd Winters était de nouveau en train de jouer les entremetteurs.

— En y réfléchissant bien, je crois que Lloyd avait une idée en tête en nous associant.

Surprise, Indy manqua s'en étrangler. Après l'épisode à côté de sa portière, où elle avait dû se retenir d'agripper les pans de son col de veste pour l'attirer à elle et lui voler un baiser, il ne fallait pas être devin pour suspecter ce qu'il s'apprêtait à dire.

— Hum... Vous croyez ?

— Hélas oui...

Parker remua inconfortablement sur son siège, et Indy sentit sa poitrine se serrer. Ce n'était pas qu'elle ne voulait pas parler du fait qu'ils étaient attirés l'un par l'autre. C'était davantage qu'elle redoutait la direction que prendrait la discussion.

Si Parker suggérait que Lloyd cherchait à les jeter dans les bras l'un de l'autre, mais qu'il n'était pas intéressé, il lui faudrait faire une croix sur le rêve éveillé qui lui occupait plaisamment l'esprit. S'il proposait, par contre, d'agir en conséquence, alors la balle serait dans son camp, à elle. A partir de là, si elle le rejetait, fini le fantasme une fois encore ! Mais, si elle acceptait sa proposition... elle passerait alors un après-midi de rêve !

Cette pensée lui échauffa de nouveau les entrailles, et elle sentit des picotements lui parcourir les membres. Avec ce qu'elle savait de la personnalité de Parker et le fantastique corps qu'elle avait déjà vu, nul doute que sexuellement, entre eux, ce serait de la dynamite !

Mais que se passerait-il ensuite ?

— Je crois qu'il veut que je vous offre un emploi fixe, dit Parker en la fixant.

Surprise, Indy laissa tout l'air s'échapper de ses poumons.

— Comment ? Un emploi ?

— Oui.

Après lui avoir jeté un bref regard, Parker marqua une pause.

— Pourquoi ? Vous avez l'air surprise. A quoi songiez-vous ?

— Je ne sais pas exactement, mentit-elle.

Sentant ses joues s'empourprer, elle détourna son regard. Oui, elle le savait pertinemment, et elle était certaine qu'il le savait également. Mais si elle lui répondait franchement, ils perdraient alors la relation professionnelle qu'ils avaient construite, et par la même occasion, elle devrait renoncer à une formidable possibilité d'emploi.

Car s'ils exprimaient à haute voix leur attirance réciproque, il était évident qu'ils n'en resteraient pas aux mots !

9

Parker n'avait pas besoin qu'Indy lui avoue à quoi elle songeait. Il le savait. Ils le savaient d'ailleurs tous les deux. Mais il avait aussi une solution pour les sortir de cet imbroglio. Il n'y aurait aucun danger qu'il couche avec elle, et contrecarre donc potentiellement ses projets d'avenir, s'il lui offrait un emploi et faisait de sa carrière son prochain projet.

— Je pense que Lloyd est très malin. Il savait pertinemment que quelques jours passés en votre compagnie m'inciteraient à constater à quel point vous êtes déterminée et donc, à vous engager.

— Comment ? Vous m'engageriez donc sur la base de ma seule détermination ?

— Vous avez tout de même un diplôme, n'est-ce pas ?

— Oui, en administration des affaires.

— Bon, eh bien c'est suffisant.

Indy le fixa, ébahie.

— Alors juste comme ça, sans même voir mon dossier, vous m'engageriez parce que j'ai un diplôme ?

— Non. Beaucoup de candidats ont des diplômes. Mais tous n'ont pas votre motivation. Et c'est ce qui compte à mes yeux. Il faut vraiment vouloir quelque chose pour être prêt à travailler dur.

Il accrocha son regard, puis déclara :

— Vous le voulez.

— C'est exact.

— Alors je vous veux.

De nouveau, l'insinuation plana dans l'air, mais Indy la balaya en demandant aussitôt :

— Et que ferais-je pour votre société ?

— Tout dépend des postes qu'il y a à pourvoir. Il me faut dans un premier temps en discuter avec mon administrateur pour voir qui fait quoi et à quel endroit, afin de décider ce qui est envisageable.

— Je vois. Et de quelle taille est votre société ?

— Elle est constituée de huit personnes, toutes basées à San Francisco. Après le succès de ma seconde négociation, je me suis séparé du conglomérat de mes parents. Tout ce que je fais aujourd'hui est de repérer des sociétés avec du potentiel, ou celles qui sont en détresse. Je trouve alors un moyen ou un autre de conclure un accord, je signe l'affaire, puis j'engage une nouvelle équipe de direction.

— Vous engagez toujours une nouvelle équipe ?

— Oui. Je pars du principe que si une société est en difficulté, ou n'a pas réussi à se développer alors qu'elle en avait les moyens, c'est toujours à cause d'un mauvais management.

Sans expérience dans le domaine, Indy ne put argumenter.

— Alors, êtes-vous prête à relever le défi ? demanda Parker.

Indy soupira. L'était-elle ? Si elle acceptait de travailler avec Parker Taggert, il était certain que jamais elle ne ferait l'amour avec lui. En des circonstances normales, et dans la mesure où elle avait besoin d'un emploi, la question d'accepter ou pas ne se poserait même pas. Mais les circonstances n'étaient pas normales.

Elle ignorait pourquoi elle éprouvait une telle attirance à son égard. Elle ignorait également pourquoi la perspective de sacrifier une éventuelle interaction sentimentale avec lui lui causait une telle impression de vide. Ce ne serait pas la première fois qu'elle rejetterait les avances d'un bel homme. Ou celles d'un type bien. Elle s'était détournée de nombreuses occasions d'aventures sexuelles. Celle-ci, cependant, n'était pas facile à condamner.

Se méprenant sur la raison de son hésitation, Parker reprit après une brève interjection :

— Désolé ! Je me rends compte que je n'ai pas encore parlé salaire.

Il cita immédiatement une somme qui manqua la faire s'évanouir. Elle songea à sa mère, à leur pavillon délabré, à des vacances aux Bahamas, et dit :

— J'accepte.

Et elle vit ainsi son rêve de faire l'amour avec Parker Taggert s'envoler en une toute petite seconde. Non ! Elle ne pouvait pas — et ne devait pas — prendre son patron pour amant.

A entrevoir le fugitif sourire de Parker, elle sut qu'il voyait tout comme elle, lui aussi, le rêve s'échapper. Et elle sentit aussi sa déception.

Mais elle avait pris la bonne décision. *Ils* avaient pris la bonne décision.

Alors pourquoi se sentait-elle tout à coup aussi vide à l'intérieur ?

10

Parker s'apprêtait à bifurquer en direction de la demeure de Lloyd, quand il se remémora qu'Indy n'y habitait pas.

— Puis-je vous raccompagner chez vous ? A moins que vous n'ayez laissé votre voiture chez Lloyd ?

Indy hésita.

— Non. J'ai pris le bus.

— Alors je vous reconduis chez vous, déclara-t-il tout naturellement, s'efforçant de se mettre à l'aise dans son nouveau rôle d'employeur, pourvoyeur de salaire.

Après tout, ce serait agréable de faire quelque chose pour quelqu'un, tout spécialement pour quelqu'un qu'il appréciait tant.

Mais, alors qu'il s'approchait de l'adresse que la jeune femme lui avait donnée, il recommença à se sentir bizarre. Les habitations n'étaient pas celles de la classe moyenne, mais du haut de la classe ouvrière. Il n'aurait pas dû en être surpris, il le savait, et d'une certaine manière, il ne l'était pas, mais...

Le mieux pour décrire ce qu'il éprouvait aurait été de parler de respect à son égard, supposa-t-il. Cela n'avait pas dû lui être facile de sortir de là. A en croire Lloyd, des difficultés financières l'avaient forcée à effectuer en six ans un cursus qui n'en prenait que trois. Et elle avait emprunté un tailleur pour son premier jour de travail.

Quand bien même, à aucun moment il ne l'avait entendue se plaindre.

— Vous voilà arrivée, annonça-t-il, immobilisant la Mercedes de Lloyd devant le pavillon vétuste mais bien entretenu qu'elle occupait avec sa mère.

Il ignorait s'il s'agissait d'une location, ou d'un bien acquis à crédit et sans doute hypothéqué, mais, parce qu'elle y vivait, il était propre. Des parterres de chrysanthèmes auburn, pêche et jaune, s'épanouissaient devant une véranda qui avait besoin d'être repeinte, mais avait été soigneusement balayée.

Parker se tourna vers elle, et elle lui sourit. Pas du tout honteuse de ses racines, pas du tout gênée que quelqu'un voie d'où elle venait, simplement si fichtrement honnête et belle qu'il pensa sincèrement qu'elle était la personne la plus sensationnelle qu'il ait jamais rencontrée, et qu'il ne put résister à l'impulsion de s'incliner pour effleurer ses lèvres des siennes.

Indy lâcha la ceinture qu'elle venait de déboucler. Le seul effleurement des lèvres de Parker sur les siennes suffisait à l'électriser, mais ce baiser était davantage que sexuel. Elle sentait une émotion derrière l'union de leurs bouches, comme s'il s'efforçait de lui exprimer ce qu'il éprouvait pour elle. Parker Taggert était un homme qui n'embrassait pas que pour le plaisir. Il embrassait avec émotion.

Le seul plaisir de ce constat la liquéfia et, lorsqu'il aventura l'extrémité de sa langue à la jointure de ses lèvres, elle le laissa approfondir le baiser. Jamais elle n'avait connu quelqu'un qui l'apprécie aussi naturellement que Parker. Même après avoir pris en compte la réalité de sa vie, de ses racines, de ses luttes, il l'appréciait. Et il la respectait.

Leurs lèvres s'unirent, leurs langues se mêlèrent. Elle noua les bras autour de son cou, au moment même où il passait l'un des siens autour de sa taille pour l'attirer plus près. Leurs poitrines se heurtèrent. Ses seins se tendirent sous l'effet du désir.

Puis Billy Cramer cogna son skateboard contre la jante de l'impeccable Mercedes de Lloyd, et Indy se heurta de nouveau à la réalité.

Il lui fallait sortir de ce quartier. Parker pouvait le lui permettre. Il lui offrirait la chance que la vie ne lui avait pas exactement déniée, mais pour laquelle elle avait dû lutter sans relâche. Elle avait besoin de cet homme comme patron, davantage qu'elle n'en avait besoin comme amant.

S'écartant, elle passa sa langue sur ses lèvres humides.

— Non, ce n'est pas possible. Je... je ne peux pas. Si vous devez être mon patron, nous ne pouvons nous impliquer personnellement. Notre relation doit rester professionnelle. Désolée.

Pendant plusieurs secondes, Parker scruta son regard. Puis il prit une brève inspiration et déclara :

— Oui, je comprends. Je suis entièrement d'accord.

Sur quoi Indy sortit en hâte de la voiture, puis s'élança en direction de chez elle. Elle savait que Parker attendait qu'elle entre à l'intérieur et, l'espace d'un fol instant, elle espéra qu'il change d'avis, ne la laisse pas partir si facilement, accoure sous sa véranda et déclare que, si, il pouvait l'aimer *et* l'employer en même temps.

Mais il n'en fit rien. Parce que la vérité était qu'il ne l'aimait pas. D'ailleurs, jamais il ne l'aimerait, elle le savait pertinemment. Elle n'était pas dans un conte de fées, et ne s'appelait pas Cendrillon. Elle était la vraie vie, celle où deux adultes matures, sexuellement attirés l'un par l'autre, pouvaient avoir une liaison, mais sans réellement s'éprendre l'un de l'autre parce qu'ils étaient trop différents.

Et si elle ne se le remémorait pas très bientôt, elle en paierait chèrement le prix.

11

Parker n'avait pas eu l'intention d'embrasser Indy. Malheureusement, il avait grandement sous-estimé son attirance pour elle et, avant qu'il n'ait eu le temps de s'en rendre compte, ses lèvres étaient sur les siennes. Indy les avait extirpés de la situation de manière raisonnablement gracieuse, mais maintenant qu'il avait conscience de l'intensité de leur alchimie, il ne doutait pas qu'un tel dérapage ne se reproduirait jamais plus.

Sauf que, le lundi matin, lorsqu'elle pénétra dans le bureau de Lloyd, vêtue d'un autre des tailleurs d'Emily et prête pour le travail, la confiance qu'il avait dans le fait d'être à même de résister se retrouva dissoute en une flaque de désir dans ses entrailles. Il ne songea plus qu'au goût de ses lèvres quand il l'avait embrassée, et à la courbure de sa taille lorsque sa main s'était égarée de son épaule à ses hanches, cependant que sa langue caressait l'intérieur de sa bouche.

Il eut envie de se gifler. Pourquoi était-il ainsi obsédé par cette femme, alors qu'elle n'était là que pour faire son travail, impatiente de se rendre au rendez-vous qui avait été pris, en compensation de celui de samedi ? Aussi se brancha-t-il également en mode affaires, contrarié de toujours se conduire en adolescent en rut en sa présence.

Il conduisit jusqu'à la demeure de Jim Raymond et, résolu à ne pas laisser son attirance prendre le dessus, il discuta délibérément de détails dont ils s'entretiendraient avec le propriétaire de Raymond Enterprises. Mais ce dernier l'accueillit dans un fauteuil roulant, et il vit bien qu'il n'était toujours pas en état de recevoir. Aussi Indy et lui repartirent-ils presque immédiatement.

— Pourquoi ne m'avez-vous pas dit qu'il était souffrant ? lui reprocha-t-elle.

Parker lui coula un regard en biais. Bien qu'il ait pris le refus de Jim de les recevoir le samedi comme une mise en scène délibérée, il suspectait à présent que sa sclérose s'était sans doute aggravée.

— Jim est atteint d'une sclérose en plaques depuis plusieurs années. Or sa maladie a malheureusement évolué ces derniers temps. C'est la raison pour laquelle il doit vendre, expliqua-t-il. Il sait qu'un jour il ne sera plus capable de diriger sa société, et il a décidé d'en tirer le meilleur profit tant qu'il le peut.

— Mon Dieu ! C'est vraiment horrible.

— Ne vous inquiétez pas. Jim Raymond aura les meilleurs soins possibles.

Indy entendit la compassion, dans sa voix, et son cœur se dilata. Elle ne le connaissait que depuis quelques jours, mais en ce court laps de temps, il s'était avéré être davantage qu'un homme au sourire fabuleux et aux fesses superbes. Il était davantage qu'intelligent et débrouillard. Il était, tout simplement, un homme bien. Et c'était plus attrayant que n'importe quoi dans son apparence, ou la manière dont il embrassait.

Le seul fait de se remémorer ce baiser provoquait une avalanche d'émotions en elle. Elle se souvenait du contact de ses lèvres sur les siennes, de la texture de sa langue lorsqu'elle avait envahi sa bouche, de la fluidité avec laquelle sa main s'était glissée sur ses courbes, comme si elle n'avait été créée que pour ça, et alors, elle se liquéfiait littéralement à l'intérieur.

Mais quand elle commença à ajouter la certitude que Parker Taggert était quelqu'un de sincèrement bon à la chaleur et au désir qu'il était capable de lui inspirer rien qu'en l'embrassant quelques secondes, elle se sut perdue. Ce n'était désormais plus une simple attirance sexuelle qu'elle combattait. Elle développait de véritables sentiments pour lui. Et ce n'était pas bien. Avec de réels sentiments, finie l'aventure sans lendemain et sans contrainte !

De plus, elle était suffisamment pragmatique pour admettre

que s'éprendre de Parker Taggert serait une erreur. Ils venaient de deux mondes différents et n'avaient pas leur place l'un auprès de l'autre. Non, décidément, s'amouracher de Parker était une très très mauvaise idée !

Quand bien même, chaque fois qu'il accomplissait quelque chose de bien, comme ce qu'il était en train de faire pour Jim Raymond, la tentation de l'embrasser devenait si forte qu'elle en suffoquait presque.

Parker arrêta la Mercedes de Lloyd devant la demeure de grès rouge de ce dernier.

— Et voilà, dit-il, en serrant ses doigts nerveusement sur le volant. Il semblerait que nous devions travailler dans le bureau de Lloyd ce matin, précisa-t-il, accrochant son regard. Rien que tous les deux. Un véritable tête-à-tête !

12

Incertaine qu'il soit très sage pour Parker et elle de passer la matinée seuls, alors qu'ils combattaient toujours tous deux leur attirance mutuelle, Indy abaissa nerveusement les yeux sur la jupe du tailleur d'Emily, et eut une inspiration soudaine.

— Plutôt que travailler, aujourd'hui, je préférerais aller faire un peu de shopping.

Surpris, Parker la regarda sans comprendre.

— Vous voulez que je vous emmène faire du shopping ?

Elle rit.

— Non. Je veux aller faire du shopping toute seule. Vous m'avez réellement engagée, n'est-ce pas ?

— Oui.

— Alors j'ai besoin de vêtements. Je ne peux tout de même pas continuer à emprunter ceux d'Emily ad vitam aeternam.

— Naturellement, concéda de bonne grâce Parker.

Mais, bien qu'il fût heureux que, une fois encore, elle les ait sortis d'une épineuse situation, il n'ignorait pas qu'ils ne pouvaient continuer éternellement à chercher des moyens de s'éviter. Il allait lui falloir être capable de collaborer avec elle ou alors, inutile qu'elle le suive à San Francisco.

Quand l'enjeu en valait la peine, s'avisa Parker, il pouvait être un vrai roc. Au cours des deux semaines qui suivirent, alors que Jim Raymond et lui élaboraient leur accord, il resta parfaitement maître de lui-même en présence d'Indy tandis qu'elle prenait des notes, puis lui exprimait son opinion sur le trajet du retour à la fin de la journée.

Qu'elle évitât de le contredire ou de l'interroger devant Jim l'impressionnait, mais ce qui l'émerveillait le plus, c'était son sens naturel des affaires. Malheureusement, chaque fois qu'elle faisait la démonstration de sa perspicacité, il brûlait d'envie de l'embrasser.

Jamais il n'avait pris conscience que l'intelligence pouvait être un tel aphrodisiaque, mais c'était le cas. Qu'elle fût capable d'entretenir une conversation avec lui, de discuter de certains détails comme si elle était née pour acquérir des sociétés, et d'argumenter sans être offensive, décuplait le moindre de ses élans sexuels.

Pourtant, au cours des deux semaines écoulées, jamais il n'avait émis la moindre remarque déplacée. Pour autant qu'il le sache, elle pouvait tout à fait penser que son attirance à son égard s'était dissipée.

Alors qu'ils montaient dans la Mercedes de Lloyd, après un entretien au cours duquel avait été esquissée la toute dernière mouture de l'accord, Parker déclara :

— Insérez les modifications dans le contrat que nous avons établi d'après nos notes et imprimez-le. Je crois que nous obtiendrons une signature demain.

— Je pense également que vous avez raison.

Indy prononça ce constat avec un tel enthousiasme dans la voix, qu'il y réagit de manière physique, ce dont il ne s'étonna pas. Il ne réagissait jamais normalement à quoi que ce soit qui vînt d'elle.

Quand il gara la Mercedes devant chez elle, et alors qu'il s'attendait à ce qu'elle en sorte aussitôt de manière à ce qu'il n'y ait aucun risque qu'il lui ouvre sa portière, elle n'en fit rien, et tous ses instincts basculèrent en alerte rouge.

— Et je pense que tout ce que vous faites est génial, dit-elle simplement.

Agréablement surpris, Parker manqua en gémir tout haut. C'était un des autres détails qui le perdaient. Elle voyait, et appréciait ses capacités au-delà de sa seule aptitude à gagner de l'argent. L'aspect de lui-même dont les autres se fichaient. Et, pour une curieuse raison, cela lui donnait envie de la dénuder et de lui montrer le domaine où il espérait vraiment exceller.

Au lieu de quoi il nuança :

— N'en faites pas un plus grand exploit que ça ne l'est. Ma technique de négociation est entièrement fondée sur le principe gagnant-gagnant. C'est très simple, et si le reste du monde l'apprend, je mettrai vite la clé sous la porte.

— Je pense quand même que ce que vous faites est génial, répéta-t-elle.

Ce qui, évidemment, lui donna envie de l'embrasser. Bon sang ! Il n'avait encore jamais eu affaire à une attirance qui fusionne travail, plaisir et personnalités. Plaisir et personnalités, oui. Mais pas mêlés au travail.

Même après deux semaines, il lui fallait toujours exercer un effort surhumain pour contrôler cette attirance, et il se demanda tout à coup s'il ne ferait pas mieux d'y céder et de la séduire.

13

Assis à l'avant de la Mercedes de Lloyd en compagnie d'Indy, Parker se retint de justesse de secouer la tête, tant ses pensées étaient inappropriées. S'il séduisait Indy, elle débuterait son travail à San Francisco à la fois comme nouvelle employée et comme maîtresse du patron. Même s'ils ne rendaient pas leur relation publique, leur lien était si fort que quelqu'un ne manquerait pas de deviner l'intimité qui existait entre eux, et la jeune femme deviendrait l'objet des rumeurs et des conjectures.

Non ! Il ne pouvait pas lui faire ça.

Pivotant vers elle, il porta une main à sa joue, et dit :

— Rentrez vite, Indy. Avant que je vous empêche de partir.

Il regarda ses yeux se voiler à son contact, puis s'éclaircir comme elle prenait pleinement conscience de ce qu'il venait de dire. Et, avant qu'il n'ait eu le temps d'énoncer un mot de plus, elle fut partie.

Appuyée contre le montant de sa porte d'entrée, côté vestibule, Indy s'avisa qu'elle l'avait échappé belle. Parker et elle avaient passé tellement de jours dans une harmonie professionnelle raisonnable qu'elle avait oublié que l'attirance qu'elle combattait n'était pas à sens unique. C'était une chose d'entretenir un fantasme de son propre côté, mais une tout autre de transformer ce fantasme en réalité. Et, à en juger par le brasier dans le regard de Parker, elle savait que c'était exactement ce qui se serait produit si elle était restée dans cette voiture.

Le lendemain matin, elle ne dit pas un mot pendant le trajet jusque chez Jim Raymond. Après quelques minutes de bavardage, Parker tendit à Jim le contrat qu'elle avait établi selon ses instructions. Il suggéra à son client de le parcourir, puis demanda à Amy une tasse de café, et si elle pouvait lui faire visiter sa cuisine.

N'ayant pas eu le réflexe de s'inviter aussi, Indy se retrouva seule dans le salon avec Jim Raymond. Elle fit mine de s'intéresser aux clichés alignés sur le manteau de la cheminée.

— Vous savez, observa-t-il, nous avions l'intention d'acheter une plus grande maison lorsque les affaires décolleraient.

Elle lui fit face avec un sourire.

— Vous allez pouvoir le faire, maintenant.

— Non, nia-t-il en secouant la tête. Chaque cent de cet argent devra être investi avec beaucoup de prudence, de manière à ce que nous ayons de quoi payer les soins médicaux et subvenir à nos besoins jusqu'à la fin de notre vie.

— Je suppose que vous avez raison, concéda Indy avec une petite moue.

— Et vous, quels sont vos projets ?

Surprise qu'il ait orienté la conversation sur elle, elle répéta :

— Mes projets ?

Il hocha la tête.

— Je veux apposer ma marque quelque part, un jour, mais pour l'instant, j'acquiers de l'expérience.

Il rit.

— Ça, je n'en doute pas ! Parker est un homme très intelligent.

— Et équitable, aussi.

Jim Raymond ferma les yeux.

— Nom d'un chien, c'est vrai ! J'espérais pourtant que non.

Indy le regarda sans comprendre.

— Comment ? Vous espériez qu'il vous arnaquerait ?

— Oui, ou du moins qu'il essaierait, pour que j'aie une raison de ne pas vendre.

Surprise, Indy en resta bouche bée.

— Vous êtes en train de me dire que vous ne voulez pas vendre ?

Jim secoua la tête.

— Cette affaire est ce qui m'a permis de tenir le coup jusqu'à présent. J'ai bien peur qu'en n'ayant plus rien à faire, je régresse.

— Dans ce cas, pourquoi ne l'avez-vous pas dit à Parker ?

— Je n'avais pas vraiment de moyen de pression.

Indy s'avisa alors qu'elle, si. Parker se fiait suffisamment à son opinion pour accepter de l'écouter. Mais aussi, elle le connaissait désormais suffisamment bien pour espérer que, quand elle lui annoncerait que Jim ne souhaitait pas vendre, il réfléchisse aussitôt à un autre moyen de l'aider plutôt que d'acheter carrément sa société. Parker était bienveillant, gentil, généreux de cette manière-là. C'était ce qu'elle aimait en lui.

Cette prise de conscience lui fit fermer très fort les yeux. Elle n'éprouvait pas qu'un léger béguin pour Parker. Elle était tombée amoureuse de lui !

14

Indy n'éprouva aucun désarroi lorsque Parker et l'épouse de Jim sortirent de la cuisine. Ce dernier signa immédiatement les deux copies du contrat, puis les tendit à son patron. Elle savait qu'une fois qu'elle aurait dit à Parker que Jim ne souhaitait pas vraiment vendre, tous deux pourraient annuler l'accord. Son patron pourrait alors échafauder un autre de ses plans de maître, afin de permettre à Jim de conserver des parts de sa société, ou devenir un de ses dirigeants.

Elle attendit que leurs portières se soient refermées sur le cocon que constituait l'habitacle de la Mercedes, puis annonça :

— Jim ne veut pas vendre.

Parker lui coula un regard, tout en actionnant le démarreur. Dans son tailleur vieux rose, bien plus modeste que ceux d'Emily, elle avait davantage l'air d'une assistante, mais ça ne l'aidait guère à lutter contre son grandissant désir d'elle. Il se remémora qu'elle était dotée de l'intuition instinctive et du sens aigu des relations humaines dont il avait besoin chez chacun de ses employés pour maintenir sa société à la pointe des rachats d'entreprises, mais cela ne fit que l'émoustiller davantage.

Intellectuellement, ils étaient égaux. Sexuellement, ils mettraient probablement le feu aux draps. Et, quels que soient les arguments qu'il invoque, son instinct de mâle ne comprenait pas pourquoi il ne lui était pas permis de pourchasser une femme qui paraissait avoir été faite sur mesure pour lui.

Sa seule chance était donc de maintenir leur conversation sur le sujet des affaires.

— Ah ! Et puis-je savoir ce qui vous fait penser ça ?

— Pendant que vous étiez dans la cuisine, il me l'a dit. Et il a aussi ajouté qu'il craignait que sa maladie ne s'aggrave s'il n'avait plus de quoi s'occuper l'esprit.

Parker soupira.

— Indy, je vous rappelle qu'il a tout de même signé l'accord.

— Oui, mais seulement parce qu'il avait l'impression de ne pas avoir le choix.

— Probablement parce qu'il ne l'a pas. Il a besoin d'argent, et je lui en donne.

— Et donc, vous croyez être ainsi son preux chevalier ?

Parce qu'elle l'avait dit de manière insolente, et non neutre, Parker lui décocha un regard acéré, cependant qu'elle poursuivait :

— Vous êtes tellement certain d'avoir toujours raison que je ne pense pas que vous ayez envisagé une seule seconde cet accord sous tous les angles possibles.

Surpris par tant de franchise, Parker éclata de rire. C'était bien là le cœur de leur problème, ou plutôt, le cœur de *son* problème, à lui, la raison pour laquelle il avait toujours envie de lui faire l'amour. Elle n'avait pas peur d'exprimer sa pensée. Il tenait son avenir dans le creux de sa main, et pourtant, elle le traitait comme s'il n'était qu'un homme normal.

Et si ça, ça ne lui mettait pas le sang en ébullition, rien ne le ferait, parce que quand il était avec elle, il n'aspirait qu'à être un homme normal. Un homme nu, en train de rouler sur les draps, oublieux du fait qu'il contrôlait des millions de dollars. Un homme qui brûlait de lui faire l'amour juste une fois, avant de mourir de la seule frustration de résister à ce besoin naturel implacable, instinctif et impérieux.

Et tout à coup, quelque chose en lui se figea. C'était cela ! Ce qu'ils éprouvaient était un instinct naturel. Ce qui signifiait qu'ils ignoraient l'appel de la nature. Et, comme tous les appels de la nature, il se manifestait toujours avec de plus en plus de force lorsqu'il était ignoré. Qu'ils fassent l'amour ne serait-ce qu'une seule fois, et il se tairait probablement définitivement. Mais, s'ils persistaient à résister, leur désir s'accroîtrait, et ils débarqueraient tous deux à San Francisco comme deux personnes tellement frustrées par le manque qu'ils ne pourraient interagir sans lapsus d'ordre sexuel, si bien qu'elle aurait l'air d'une cruche entichée de son patron.

En un sens, faire l'amour là, tout de suite, était la seule option possible.

15

Parker fit abruptement bifurquer la Mercedes sur la première bretelle de sortie de l'autoroute puis, trois cents mètres plus loin, obliqua dans le parking d'un fonctionnel motel de chaîne trois étoiles. Sans perdre de temps en préliminaires, et en dépit des bredouillements d'incompréhension d'Indy, il déboucla sa ceinture, puis celle de sa passagère. Après avoir passé une main autour de sa nuque, il l'attira à lui pour l'embrasser. Longuement, profondément, comme un homme assoiffé d'elle… ce qu'il était d'ailleurs.

Hors de contrôle, mais aussi absolument convaincu qu'une fois qu'ils feraient l'amour, cet instinct tumultueux perdrait de sa force et qu'ensuite, ils pourraient avoir une relation de travail normale.

Comme elle n'évitait pas le baiser mais y répondait, il l'approfondit. La tenant aussi près qu'il le pouvait en dépit du fait d'être sur le siège avant d'une voiture avec plusieurs couches de vêtements entre eux, il plongea sa langue à l'intérieur de sa bouche. Là encore, elle ne protesta pas, mais l'accueillit avec ardeur, comme si elle non plus n'avait plus aucun contrôle sur sa réaction instinctive vis-à-vis de lui. Et Parker sut qu'il avait sa réponse.

S'arrachant à leur baiser, il posa son front contre le sien.

— Indy, vous le savez, nous devons le faire.

Elle ne répondit rien.

— Il y a entre nous une sorte d'alchimie qui nous ronge, enchaîna-t-il. Si nous ne l'évacuons pas en faisant l'amour, il apparaîtra évident à tout le personnel à San Francisco qu'il y a quelque chose d'étrange entre nous.

Indy s'éclaircit la voix.

— Et si nous le faisons ?

— Si nous le faisons, il y a neuf chances sur dix que nous satisfassions notre curiosité réciproque, et ce sera fini.

Parker marqua une pause, puis précisa :

— Quelque chose d'aussi brûlant ne peut pas durer éternellement. Ça ne peut que se consumer.

Indy fut stupéfaite de prendre conscience que, au plus profond d'elle-même, elle avait elle aussi toujours cru que quelque chose d'aussi fort ne pouvait durer. C'était d'ailleurs la véritable raison pour laquelle elle ne souhaitait pas réellement coucher avec Parker. Si ce qu'il y avait entre eux n'était qu'un emballement d'hormones, une fois ce besoin assouvi, il s'éteindrait de lui-même.

Or elle ne le voulait pas. Elle aimait les émotions qu'il lui inspirait. Elle aimait les picotements, l'anticipation, et la sensation d'émoi quand il était près d'elle.

En même temps, elle ne se faisait aucune illusion. Elle savait qu'elle n'était en aucun cas la femme des rêves d'un Parker Taggert. En l'occurrence, tout ce qu'elle avait réellement était quelques sensations physiques et un rêve éveillé qui ne se concrétisait pas.

Et aussi, l'opinion qu'avait formulée Emily : un après-midi dans les bras de Parker serait le souvenir de sa vie.

La voix suave de Parker la tira de ses pensées.

— Pensez-vous que je me trompe ?

Elle soupira.

— Non.

Il l'attira de nouveau à lui, enfouit son visage dans ses cheveux.

— Alors de quoi avez-vous peur ?

Indy soupira. Difficile de se remémorer toutes les raisons pour lesquelles elle ne devrait pas faire l'amour avec cet homme alors qu'elle était dans ses bras et que son souffle lui caressait le front. Ce souvenir, elle le voulait. Et puisqu'elle n'était pas la femme des rêves de Parker, elle ne ferait pas de scène lorsque tout s'achèverait. Elle était capable de le gérer… mais en était-elle vraiment certaine ?

16

Faisant taire ses peurs, Indy accepta, et Parker ne perdit pas une seconde de plus. Emergeant en hâte de la voiture, il se dirigea vers la réception. Cinq minutes plus tard, il en ressortait et engageait la Mercedes derrière le bâtiment, là où était située leur chambre.

Indy eut tout le temps de se raviser, mais n'en fit rien. Elle savait exactement ce qu'elle faisait. Elle ne pouvait laisser passer cette chance, et saurait en gérer les ramifications. La vie ne lui ayant pas prodigué beaucoup de ses bontés, elle avait toujours dû tirer le meilleur parti du peu qu'elle avait. Si Parker n'avait qu'un après-midi à lui offrir, elle en profiterait au mieux aussi.

Ils sortirent de la voiture et marchèrent jusqu'à la porte, que Parker ouvrit promptement. A peine l'eurent-ils franchie qu'il l'attira à lui pour s'emparer de nouveau de ses lèvres, sa langue empruntant infailliblement le chemin de l'intérieur de sa bouche, comme s'il n'y avait pas eu d'interruption de dix minutes au moins entre les deux baisers.

Sans cesser de l'embrasser, il s'attaqua au premier bouton de sa veste de tailleur, qui sauta aussitôt. Les deux pans s'écartèrent, exposant le haut d'un bustier et, au-dessus, la peau nue de sa gorge. Alors que les doigts hâlés glissaient jusqu'au deuxième bouton, ils effleurèrent sa chair souple, et un frisson d'excitation la parcourut. Ce n'était donc pas un rêve ! Il la touchait vraiment ! Et ils allaient vraiment faire l'amour…

Il défit le second bouton, effleurant une nouvelle fois sa peau dénudée, jusqu'à ce qu'elle ne soit plus que sensations. Puis il fit glisser la veste de son épaule droite, qu'il embrassa, avant de tracer de l'extrémité de sa langue l'arête de sa clavicule, tout en achevant de faire glisser le vêtement le long de ses bras. Une vague de désir submergea Indy, lui laissant l'impression d'être affaiblie, comme droguée.

Anxieuse de ne pas devenir léthargique au point de ne pas participer à cette occasion unique, elle se saisit de la cravate de Parker, en desserra le nœud, puis ôta lentement la bande de soie de son cou, avant de s'intéresser aux boutons de sa classique chemise blanche. Tandis qu'elle les déboutonnait l'un après l'autre, Parker descendit la fermeture Eclair de sa jupe, puis ôta les bretelles de son bustier, et le tout tomba à terre autour de ses pieds.

Indy se retrouva debout devant lui, uniquement vêtue d'un soutien-gorge de dentelle blanche et du string assorti. Clairement impatient à présent, Parker attrapa ses deux mains dans l'une des siennes, puis acheva lui-même de déboutonner sa chemise. Une fois les pans ouverts, il ôta son vêtement, cependant qu'elle s'attaquait à sa boucle de ceinture.

Une fois sa ceinture ôtée, il sortit son portefeuille de sa poche arrière, le lança sur la table de chevet, puis se débarrassa de son pantalon d'une poussée qui le fit s'enrouler autour de ses chevilles. Après s'en être extirpé, il l'attira à lui et ils basculèrent tous deux sur le lit.

La toison de son torse frôla la fine dentelle de son soutien-gorge, et de minuscules explosions de plaisir ricochèrent en elle. La simple pensée que ce pût être mal, ou risqué, s'envola de son esprit. Il n'y avait plus aucun doute. C'était ce qu'elle voulait et pour une fois, elle allait se faire plaisir.

Et faire l'amour avec Parker Taggert n'était que plaisir. Puissantes et assurées, ses paumes caressaient tout son corps. De sa langue humide, espiègle, il la taquinait, léchant, goûtant et explorant le moindre centimètre de sa peau, et elle trouva, elle aussi, des manières créatives de lui rendre la pareille. Gourmands et avides, leurs gestes étaient à la fois rapides et précis, au point qu'elle en vienne à frissonner perceptiblement de désir, et que des gouttes de sueur perlent au front de Parker.

Tout à coup, il s'écarta d'elle, et elle cligna des yeux, surprise. Avait-il changé d'avis ? Quand elle vit qu'il s'était saisi de son portefeuille, sur la table de chevet, pour en extraire une protection, elle se détendit, cependant qu'une tout autre sorte d'accès de panique l'assaillait.

Voilà, le moment tant attendu était enfin arrivé. Dans deux secondes, il ne pourrait plus y avoir de retour en arrière.

17

Leurs regards rivés l'un à l'autre, Parker s'immobilisa au-dessus d'Indy, lui offrant une toute dernière chance de tout arrêter. Comme elle ne protestait pas, les yeux embrumés de désir, il s'inséra lentement dans sa tiède moiteur, et tous deux en laissèrent échapper une sourde plainte. Il se souleva de quelques centimètres, une, puis deux fois, se positionnant de manière à ce qu'elle n'éprouve pas seulement la puissance de son membre en elle, mais également la pression de son poids contre le cœur de sa sensibilité et, lorsqu'il fut en place au plus profond d'elle, des ondes de plaisir irradièrent dans son corps tout entier.

Les sensations qu'elle lui inspirait étaient tellement plus intenses que ce à quoi il s'attendait qu'il douta un instant que la posséder éteigne cette alchimie. Puis, comme chaque va-et-vient se répercutait en lui, et qu'elle s'arquait à la rencontre de chacune de ses plongées, toute pensée cohérente s'évanouit de son esprit. Avec un profond râle, il relâcha enfin la partie primitive de lui-même qui suppliait qu'on la libère depuis le jour de leur rencontre.

Quand Parker perdit tout contrôle, un accès de fierté féminine s'empara d'Indy, et elle lui mordilla joyeusement le cou. Avec un grondement, il lui rendit la caresse, ce qui transforma leur étreinte silencieuse en quelque chose de plus personnel, plus intime. S'esclaffant de ravissement une seconde et gémissant de plaisir celle d'après, ils batifolèrent sur le lit, pour le plus émouvant et farouche accouplement qu'elle ait jamais connu. Une exquise énergie se déversa dans ses veines pour aller se concentrer au cœur de sa féminité jusqu'à ce que, à la toute dernière seconde, Parker emprisonne de nouveau son regard, et que tout se fige.

La manière dont il la regarda alors qu'il effectuait une toute dernière poussée au plus profond d'elle-même eut raison du moindre vestige d'inadéquation qu'elle avait encore pu ressentir. Elle ne l'avait pas seulement satisfait, elle avait exhumé en lui une énergie primaire et merveilleuse. Et il adorait ça !

Savoir que leur alchimie était plus que parfaite la fit jouir avec une sauvagerie qu'elle aurait trouvée effrayante, si la délivrance de Parker n'avait pas été aussi puissante. Certes, c'était cette formidable alchimie qui les avait tous deux menés là mais, alors que son corps tressaillait encore de spasmes et que Parker s'effondrait sur elle, un soudain pincement de regret l'étreignit.

Non pas qu'ils aient fait l'amour. Elle avait voulu le souvenir, le plaisir, et faire l'amour avec Parker avait été rien moins que spectaculaire. Mais, aussi sensationnelle que soit leur interaction physique, elle savait que Parker n'éprouvait rien pour elle.

Il avait voulu faire l'amour avec elle uniquement dans l'espoir de réduire à néant leur alchimie. Tandis qu'elle, c'était parce qu'elle l'aimait.

Indy s'écarta sur le côté quand il la libéra de son poids, mais plutôt que la laisser s'éloigner, Parker lui agrippa le bras et la ramena contre lui. L'orgasme qui l'avait ébranlé avait été une véritable lame de fond, mais ce n'était rien en comparaison de la connexion qu'il éprouvait avec la femme qui se trouvait à son côté.

Elle était intelligente, authentique. Vive d'esprit, drôle et compatissante. Elle était son égale dans tous les domaines, et lui faire l'amour avait été comme étancher sa soif après une interminable marche sous le soleil brûlant du désert. Avec elle, tout était plus intense, plus clair, plus… tout !

Avec cette dernière pensée, la froide et implacable vérité

l'assaillit en un éclair d'indéniable réalité. Une réalité si simple, si profonde, qu'elle ne pouvait être discutée.

Quand un homme trouvait une femme comme celle-là, il n'avait pas d'autre solution que de l'épouser !

18

Alors qu'il était étendu avec Indy blottie contre lui, des milliers de pensées se bousculèrent dans l'esprit de Parker. Celle qui attira et retint toute son attention, cependant, fut qu'il était célibataire pour une bonne raison. Il ne voulait pas de relation intime avec une femme, parce que ce ne serait pas juste pour cette dernière. C'était un solitaire, un aventurier. Certes, il n'avait guère eu de temps à consacrer aux aventures de quelque sorte que ce soit récemment parce que son travail lui prenait tout son temps, mais ça ne signifiait pas qu'il avait changé. Il n'était simplement pas le genre d'homme à se marier. Il aimait bien trop son indépendance.

Tout en lui caressant paresseusement le torse, Indy demanda :

— Alors, que vas-tu faire à propos de Jim ?

Sans préambule, elle les ramenait directement à la discussion qu'ils avaient eue avant de faire l'amour. Mais, préoccupé par son propre dilemme personnel, Parker ne répondit pas. Indy se redressa sur son séant.

— Parker, il a vraiment besoin de sa société.

Et ce dont il avait besoin, lui, était de sortir de cette chambre d'hôtel pour réfléchir à tout ça. Il était si certain que céder à leur attirance éradiquerait leur alchimie, qu'il ne lui était pas une seconde venu à l'esprit que devenir intime avec elle puisse lui faire éprouver infiniment pire ! C'était pourtant le cas, et à moins qu'il ne se débarrasse des dérangeants sentiments qu'il ressentait à présent pour elle, jamais il ne serait capable de collaborer avec elle !

Quand bien même, sachant qu'il ne pouvait ignorer ses inquiétudes à l'égard de Jim, il décréta en s'extirpant du lit :

— Indy, Jim a vendu sa société de son propre chef, et maintenant, il doit continuer à vivre.

Sur quoi, sans un mot de plus, il rassembla ses affaires et gagna la salle de bains.

Déconcertée, Indy se laissa tomber sur l'oreiller. Parker avait dit vouloir faire table rase de leur attirance, et elle avait accepté de faire l'amour avec lui sur cette base. Donc, bien que le voir s'éloigner sans un regard en arrière lui soit douloureux, elle ne pouvait se plaindre. Elle aurait bien tout le temps de se lamenter quand elle se retrouverait seule. Personne — et surtout pas Parker — ne saurait à quel point elle souffrait de l'avoir eu, ne serait-ce qu'un unique après-midi, puis perdu.

Toutefois, en dépit de sa propre souffrance, elle ne permettrait pas que Jim Raymond soit la victime sacrificielle de ce fiasco.

Quand Parker sortit de la salle de bains, elle était habillée et prête à reprendre leur conversation.

— Ecoute, débuta-t-elle, alors qu'il marchait jusqu'à la table de chevet, puis chaussait ses chaussures et agrippait simultanément clés de voiture et portefeuille, comme s'il n'avait qu'une hâte : s'échapper ! Nous avons conclu un accord quand nous avons pris la décision de nous arrêter ici pour faire l'amour.

Sur l'expression « faire l'amour », dont elle usa délibérément, elle accrocha son regard car, en ce qui la concernait, c'était bel et bien ce qu'ils avaient fait.

— Mais je ne te laisserai pas user de Jim pour déclencher une dispute qui...

— Ce qui vient de se passer n'a rien à voir avec mon accord avec Jim, coupa-t-il. Il a signé un contrat, et ce contrat l'engage. Il doit à présent le respecter.

Cette fois, ce fut lui qui accrocha son regard pour conclure :

— Je veux cette société *sans* Jim Raymond. Si ça te pose un problème, c'est le moment de me le dire.

A voir son expression, Indy comprit qu'il n'usait pas de Jim comme prétexte. C'était réellement le fond de sa pensée.

Sans cesser d'emprisonner son regard, il reprit froidement :

— Je te l'ai dit, c'est ma façon de faire : j'engage toujours de nouveaux dirigeants.

Déconcertée, Indy se tut. Cette information n'avait rien d'une nouveauté. Parker avait été direct et transparent dans sa démarche, et surtout très calculateur depuis le début. Son erreur n'était pas tant qu'elle l'avait mal compris, mais qu'elle s'était éprise d'un homme qui n'existait pas. Le vrai Parker Taggert ne ressemblait en rien à celui qu'elle s'était construit dans son fantasme, mais hélas, la douleur, dans son cœur, était quant à elle bien réelle.

Elle esquissa un faible sourire.

— D'accord. Je comprends.

Après quoi elle sortit de la chambre et gagna la voiture. Elle n'articula pas un mot de tout le trajet. Une fois devant chez elle, elle se pencha pour déposer un bref baiser sur sa joue avant de s'écarter aussitôt.

— Tu avais raison : que nous ayons fait l'amour a vraiment été fatal à notre alchimie, déclara-t-elle, sans vraiment mentir, mais juste histoire de s'offrir une échappatoire honorable.

Puis elle ravala les larmes qui, tout à coup, affluaient à ses yeux. Comme elle regrettait qu'il ne fût pas l'homme qu'elle l'avait cru être !

— Je ne crois pas que nous devrions nous revoir, conclut-elle. En fait même, je n'irai pas à San Francisco avec toi.

19

Parker n'argumenta pas. Une partie de lui, pourtant, le souhaitait désespérément, car il savait qu'il ne la reverrait plus, et il en conçut une drôle de sensation de vide dans l'estomac.

Mais d'un autre côté, il n'était pas le genre d'homme à se marier ou à s'engager dans une relation suivie, quelle qu'elle soit. S'il la rappelait, ne serait-ce que pour seulement la convaincre de travailler avec lui, à la longue, il la ferait certainement souffrir.

Après avoir fait ses bagages, il décolla de Boston avant la nuit tombée, certain que le fait qu'Indy ne vienne pas avec lui à San Francisco était la meilleure des solutions.

Mais, alors qu'il était dans son propre bureau, le lundi matin, endroit où il n'aurait même pas dû penser à une femme qui n'y était jamais entrée, elle lui manqua. Pire, il se surprit à envisager chaque décision de son point de vue à elle, ou la manière dont elle pourrait l'aider, ou encore à quel point elle était adorable quand elle se focalisait sur un nouveau projet.

Le lundi matin suivant, alors qu'il pensait toujours à elle, il révisa le contrat de Jim Raymond ainsi que son projet initial pour Raymond Enterprises. Peut-être Indy l'obsédait-elle ainsi uniquement parce qu'il s'était entêté à ignorer ses observations à propos de Jim.

Lorsqu'il s'avisa que les idées d'expansion de celui-ci étaient brillantes, et que seules ses limitations physiques l'avaient empêché de les mettre en œuvre, il comprit ce qu'Indy avait instinctivement perçu, sans être capable de le décrire parce qu'elle n'en avait pas encore l'expérience. Jim était vraiment capable de développer Raymond Enterprises à son plein potentiel. Il avait tout simplement besoin d'aide.

Décidant que rectifier la situation en faveur de Jim l'aiderait à exorciser le fantôme d'Indy, il dicta une révision de contrat, qui permettait à celui-ci de demeurer président de sa société grâce à un bras droit chargé de le seconder. Lorsque le document fut prêt le jeudi après-midi, il reprit un vol pour Boston, dans l'intention de le faire signer personnellement à Jim, dès le lendemain.

Sachant qu'Indy ne travaillait plus pour Lloyd Winters, car Emily lui avait trouvé un emploi, Parker composa le numéro de son ami sur son portable, alors qu'il traversait l'aéroport le jeudi soir.

— Bonsoir, Lloyd. C'est Parker. Je voulais savoir si je pouvais m'inviter chez vous pour le week-end ?

— Parker ! Vous n'auriez pu tomber plus à propos ! Venez vite nous rejoindre. J'ai organisé une soirée poker avec les gars ce soir !

Bien que Parker ait aussitôt répondu : « Je ne voudrais pas m'imposer... », une petite pointe de joie l'étreignit. C'était exactement ce dont il avait besoin : passer une soirée à faire tout ce qu'il adorait, avant que sa société ne lui vampirise tout son temps.

— Comment ça, vous imposer ? Ne soyez pas ridicule ! C'est une soirée poker, bière et bretzels ! Un type de plus à table, c'est un de plus que je vais pouvoir plumer !

Parker rit mais, une heure plus tard, assis à la table de poker, un cigare aux lèvres, un verre de bourbon devant lui et une quinte flush en main, il découvrit qu'il s'ennuyait.

— Je vais chercher des glaçons, annonça-t-il, nullement surpris de constater que Lloyd lui emboîtait le pas.

Il suspecta que ce dernier souhaitait l'interroger à propos d'Indy, aussi décida-t-il d'aborder la question de front, histoire de s'en débarrasser.

— Comment va Indy ? Est-ce vous qui l'avez aidée à obtenir cet emploi ? demanda-t-il sans préambule.

— Non. C'est Emily qui s'en est chargée, sans absolument aucune intervention de ma part, répondit Lloyd avant de marquer une pause.

Puis il ajouta, avec un sourire et une nuance de tendresse :

— Vous savez, Indy est une fille brillante. Et elle est vraiment très heureuse aujourd'hui.

Sous le prétexte de libérer les cubes de glace, Parker frappa si sèchement le bac contre le rebord de l'évier qu'il manqua le briser en deux. Jamais il ne s'était ennuyé une minute en compagnie d'Indy. L'idée qu'aujourd'hui elle puisse être heureuse sans lui lui était particulièrement insoutenable !

— Tant mieux pour elle, réussit-il à mentir.

— Oui. Nous sommes tous fiers de notre petite Indy, commenta Lloyd, avant de marquer une nouvelle pause. Je songe d'ailleurs à la présenter à l'un des gars.

Parker sentit sa mâchoire s'affaisser.

— De quels gars voulez-vous donc parler ?

— De ceux assis à la table, voyons ! répondit Lloyd comme si Parker était obtus. Ma sœur m'a rappelé que j'avais toute une ribambelle de jeunes collaborateurs, dont la plupart sont encore célibataires. J'apprécierais que l'un d'eux devienne mon gendre, mais il en restera cinq autres...

Sans répondre, Parker passa mentalement en revue les séduisants jeunes diplômés assis autour de la table de poker, dans la pièce d'à côté. Le P-DG de Wintersoft le considérait avec un sourire jubilatoire mais, à ses yeux, la situation n'avait rien de drôle.

La prochaine fois qu'il verrait Indy, ce serait peut-être lors d'un dîner organisé ici même, par Lloyd, pour annoncer ses fiançailles !

20

Le vendredi après-midi, Indy rentra chez elle dans la jolie berline flambant neuve que son nouvel emploi lui avait permis d'acheter, puis dîna avec sa mère. Mais lorsque celle-ci sortit pour aller au cinéma avec une amie, elle se retrouva seule. Tout comme elle suspectait qu'elle le serait toujours. Personne ne serait jamais à la hauteur de sa version fantasmée de Parker Taggert, et elle passerait le reste de sa vie solitaire, à se languir d'un homme qui n'existait pas.

Des coups persistants à sa porte d'entrée l'arrachèrent à ses pensées déprimantes. Lorsqu'elle ouvrit et qu'elle vit Parker sur le seuil, elle crut qu'elle hallucinait.

— Indy ! J'ai invalidé l'accord initial conclu avec Jim Raymond pour en établir un nouveau, annonça-t-il, sans se donner la peine de dire bonjour. Tu avais raison : c'est la personne adéquate pour continuer à diriger Raymond Enterprises.

Ignorant pourquoi il éprouvait le besoin de le lui dire, et loin d'être entichée du vrai Parker Taggert au point où elle l'était de son fantasme, elle rétorqua :

— Tant mieux ! C'est génial !

Puis elle essaya de refermer la porte.

Mais Parker intercala alors son pied entre le battant et l'encadrement de la porte.

— Attends Indy ! Nous devons parler, toi et moi. Je sais qu'Emily t'a trouvé un emploi, mais je veux que tu démissionnes et que tu viennes à San Francisco avec moi.

Surprise, Indy le fixa. C'était donc ça ! Elle avait vu quelque chose qui lui avait échappé dans l'affaire Raymond, et à présent, il la voulait de nouveau dans son équipe !

— Je ne crois pas que ce soit possible, non.

Elle tenta de nouveau de refermer la porte, mais il l'en empêcha.

— Ecoute, je sais que j'ai dit que faire l'amour détruirait l'alchimie qu'il y a entre nous, mais ça ne s'est pas du tout passé ainsi pour moi. En fait, ça a même fait empirer les choses.

— Tiens donc ! Et en quoi serait-ce mon problème ?

— En fait, ce n'en serait plus un si tu m'épousais.

Certaine qu'elle avait mal entendu, Indy s'exclama, incrédule :

— Comment ? Tu veux m'épouser ?

— Je t'aime, lâcha-t-il avec un soupir, en passant ses doigts dans les cheveux. Je l'ai compris le jour où nous avons fait l'amour. J'ai combattu cette idée, parce que je savais que j'étais le genre de type à aimer l'aventure, et que je finirais probablement par te faire souffrir. Mais la nuit dernière, quand Lloyd a parlé de te caser avec l'un de ses collaborateurs, j'ai su que je serais un bien meilleur parti pour toi que n'importe lequel d'entre eux. Mais surtout, j'ai compris que vivre avec toi serait exaltant. J'ai vraiment envie de partager cette aventure avec toi. Tu es tout ce que je veux, telle que tu es. Jamais je ne voudrais te faire le moindre mal, et je regrette sincèrement qu'il m'ait fallu deux semaines pour m'en rendre compte.

Après avoir accroché son regard, il répéta :

— Je le regrette, vraiment.

Indy ne put que le contempler sans un mot. Tout comme elle l'avait toujours su, il y avait un homme bon et sincère dans ce corps de rêve.

— Dis-moi que tu m'épouseras, je t'en supplie.

— Je t'épouserai ! s'écria-t-elle avec un éclat de rire, avant de se jeter dans ses bras. Je t'aime, moi aussi ! Je ne peux pas imaginer ma vie sans toi.

— Parfait, parce que nous formons un duo sentimental sensationnel, et un duo d'affaires qui l'est tout autant. Nous allons travailler ensemble, vivre ensemble, dormir ensemble. Peut-être même te lasseras-tu vite de moi...

Elle mit fin à son flot de paroles d'un vif baiser.

— Ça, j'en doute !

La serrant contre lui, Parker soupira de soulagement.

— Tant mieux. A présent, préfères-tu dénicher un autre Holiday Inn bon marché mais fonctionnel, ou puis-je te faire l'amour dans ton propre lit ?

— Mon lit conviendra parfaitement, concéda Indy.

Sur quoi elle se saisit de sa main pour l'entraîner à l'étage, certaine qu'ils débutaient tous deux l'aventure de leur vie.